KB043847

시인하다

시산맥 기획시선 061

시인하다

시산맥 기획시선 061

초판 1쇄 발행 | 2018년 5월 20일
초판 2쇄 발행 | 2019년 3월 4일

지 은 이 | 이 령
펴 낸 이 | 문정영
펴 낸 곳 | 시산맥사
편집주간 | 이성렬
편집위원 | 안차애 오현정 전해수 정재분
등록번호 | 제300-2013-12호
등록일자 | 2009년 4월 15일
주   소 | 03131 서울특별시 종로구 율곡로 6길 36.
          월드오피스텔 1102호
전   화 | 02-764-8722, 010-8894-8722
전자우편 | poemmtss@hanmail.net
시산맥카페 | http://cafe.daum.net/poemmtss

ISBN 979-11-6243-014-9 03810

값 9,000원

시인하다

이 령 시집

*본문 페이지에서 한 연이 첫 번째 행에서 시작될 때에는 〈 표기를 한다.

하나의 형식에다 미심쩍은 찬양을 부여하는 것은 일종의 자살행위다.

하여 지금부터 나는 모든 절대성을 포기한다. 오직 관측자로서 생의 파동으로 나아갈 뿐,

살아가는 것, 시를 쓰는 것은 본래의 나를 확인, 찾아가는 황홀한 여행이다.

2018년 5월, 이령

■ 차 례

3부

4부

1부

덫

난 사각의 틀 앞에 놓여있다

붙기로 자릴 옮긴 알콜은 그와 내가 대면하는 아침의
위력을 보여준다

거울은 보고자 하는 것보다 더 많은 것을 담아내는
영사기,

머릴 감는 동안 그는 염장 미역처럼 푸른 필름으로 풀
어진다

샤워 콕에선 파도 소리 들리고 그는 비누거품으로 자
라나

난 눈이 맵다

사각의 틀에 들 때마다 내 눈은 선명하다

그도 투명한 물속을 숙영하는 내 머리카락을 보고
있다

헤어드라이기 속에는 아직 그가 남기고 간 더운 입김
이 서려있다

16

〈

물의 무게가 덜어질수록 무겁게 달려드는 그는

사각의 시간에 잠식된 한편의 비루飛樓

그 비릿한 바다 냄새 가시지 않는.

시인하다

난 말의 회랑에서 뼈아프게 사기 치는 책사다
바람벽에 기댄 무전취식 속수무책 말의 어성꾼이다
집요할수록 깊어지는 복화술의 늪에 빠진 허무맹랑한
방랑자다

자 지금부터 난 시인^{是認}하자

내가 아는 거짓의 팔 할은 진지모드
그러므로 내가 아는 시의 팔 할은 거짓말
그러나 내가 아는 시인의 일 할쯤은
거짓말로 참 말하는[*] 언어의 술사들

그러니 난 시인^{詩人}한다

관중을 의식하지 않기에 원천무죄지만
간혹 뜰에 핀 장미엔 미안하고
해와 달 따위가 따라붙어 민망하다
날마다 실패하는 자가 시인^{**}이라는 것이 원죄이며

사기를 시기하고 사랑하고 책망하다 결국 동경하는
것이 여죄다
　사기꾼의 표정은 말의 바깥에 있지 않다
　그러니 詩人의 是認은 속속들이 참에 가깝다

*장콕토
**이성복

심야의 마스터베이션

시간의 틈 입자에 내가 스미다 푹 젖는다
얄궂은 몽상가인 난, 내가 없는 곳에서
나를 다스리곤 하는데 가령,

침대 위에 걸린 액자 속 종려나무의 그림자를 밟고 있
던 엄지발가락이
불쑥 저리다 멈칫하거나
가랑이를 쫙 벌린 음녀처럼 널브러진 시집이 부려놓는
황홀경에서
헤어나지 못하는 순간이거나
에로틱한 CCR의 음률이 침실 깊숙한 곳까지
필사적으로 파고드는 밤이면

그림 없는 미술관
음악이 사라진 연주회
말 아닌 말씀만 남은 시 따위를 상상하다
쓸모없음의 쓸모 있음에 갇힌 황당한 현실과 마주한다

내가 있는 곳에선 도무지 나를 찾을 수 없고

내가 없는 곳에서만 나를 만날 것 같아
혼자 달아오르는 밤은 견딜 수 없다

모노톤의 달빛을 아슴푸레 끌어와 덮고
뇌관을 통째로 삼킬 것 같은 빈방에 누워
빌어먹을 한 문장만이라도 만나게 된다면
이 심야행은 더할 나위 없는 위로가 될 텐데

서두를 필요도 반짝일 필요도 없는
최후의 어느 지점이 절정이라면
진정한 용기는 처음부터 불리하다는 걸 알면서도 쏟
아내는 것

신음하며 땀 흘리며 덜컥일지라도
조각난 기억들을 부르고 불구의 언어를 다독이며
지나간 내일을 훔쳐서라도 달려가야지

어느새 휴지통에 수북하게 쌓인 내 정표들
방 안 가득 퍼져오는 비릿한 이 외로움

낙타가시나무풀

고비를 건너며 생각했죠.

난
잘 번식하는 種
이 시간, 이 방향엔
평균적일 경우 착하다는 엄마,
왜 하필 소소초죠?
젊다는 건 이미 봄이니까! 뿌리를 내리렴!
어떤 방식으로도
너희는 작고 작아
엄마가 파리하게 웁니다

난
매우 적합한 種

축축한 엄마와 갈라진 언니는
한 번의 우연으로 모래톱을 쌓나요?
이곳에선 오해가 행복의 근원입니다
예측불능은 아름다운 거잖아!
만삭의 언니가 뽀족합니다

〈
난
잘 적응할 種

무엇을 위한 출발점인가
방을 춥게 하려면 벽난로를 두시죠
차라리 크라이머스와 오스카 클라인을 심지 그래?
언니의 엄마, 나의 엄마
제 피로 목을 축이며 연명하는 낙타여!
다르다는 건 틀린 것과 달라!

이곳에선 불협화음이 지천입니다
사막의 결이 자주 바뀌는 동안에도 언니는 돌아오지 않고
가시와 뿌리와 별과 사랑과 침묵과 빛과 다시 어둠
고비를 건너며 생각했죠!
넓이와 깊이는 비례하지 않아

모래집의 다른 이름, 가족
결국 우린
필연적으로 자주자주 뭉치고 흩어지는 種

손바닥으로 읽는 태초의 아침

　칼 세이건의 '과학적 다양성'을 들으며 곤히 잠든 아버지의 손금을 본다 당신의 손금은 내게 응축된 우주다 눈으로 아버지의 시간 속 여행에 합류하며 칼 세이건의 이론을 좇는다 그가 과학에 있어 경험의 다양성을 주장하는 동안 내 눈은 혈맥을 빠져나와 삼지문 찍고 재운선 돌아 태양선을 향해 달린다 생의 중력장에선 길이 다 방면, 엄지 쪽 감정선은 골이 깊어 약지로 휘어지는 골짜기엔 바람이 잦았겠다 무명지로 이어지는 기역자 길은 자수성가형, 섬 속 섬엔 고독이라는 항성이 성단이 되었겠다 시간의 축적, 행성의 공전, 시원한 다운스윙, 아버지의 손금은 별들의 궤적이다 난 최대연직의 높이에서 가속이 멈춘 그의 내력에 대해 골똘한데 칼 세이건은 과학의 경이가 그 어떤 종교에 대한 경외에 못지않다고 주장한다 아멘! 이론에 대한 응용으로써 목마름의 이탈, 무중력의 중력, 악의 신 랑다의 머리카락과 맞닿은 삼지창쯤에서 난 몸을 불리는 알마게스트와 동일한 초신성이 되었다가 수륙양용 M3밴의 궤도쯤에 안착하는 푸르고 노오란 별이 된다 칼 세이건의 이론이 빅뱅 하는 지금 아버지는 혼곤하고 난 깨어있다 우리는 각자의 타임

머신에 타고 있지만 손금에서 아버지와 난 동일과정설,
이쯤에서 손금이 내는 길은 유전이다 현생의 자식은 전
생의 부모라는, 내생의 길은 현생의 궤적이라는 생각, 격
정의 핵분열로 나를 잉태했을 아버지, 아버지의 온기, 이
론이 진리가 되는 순간은 뜨겁다 지금 어느 행성에서 아
버지는 송곳으로 없는 지문을 긋고 있는지 '을라할라
으으윽' 외계음을 발송 중이고 나는 아버지의 손바닥에
도킹 중이다 그의 지류에서 시작된 피돌기가 은하를 이
루고 길은 말없이 눈길만으로 따스해서 아버지는 깨고
칼 세이건은 별똥별로 사라진다

기하학적 사랑

a.

일이사분면에 애인들을 열거한다
머리 없는(둘) 심장 둘인(셋), 다리 짧은(하나)

하나가 다른 하나의 머리를 가르자
해가 없다
하나가 다른 하나의 심장을 파고들자
해가 무수하다

심장을 파며 머리를 가르고 한 점에서 절뚝이자
우리 사랑은 수렴되거나 발산된다

b.

삼사사분면에 꽃을 그린다
색 바랜(하나), 새순 핀(셋) 흐드러진(둘)
하나가 다른 하나의 색을 거부할 때

해가 진다
하나가 다른 하나의 가슴에 새순을 피워내자
해가 뜬다

색 바랜 후 새순 돋고 꽃가지 늘어지면
우리 사랑은 답이 없거나 무수한 극과 극에 닿는다
겹치거나 평행을 반복하다
결국 원점을 향하는 우리 사랑은
무한대다

나는 그대에게 뉴킨*이고 싶다

1.

식스티 호텔 10층 퓨전요리 전문점이 이름을 걸었다 결혼기념일 그대에게 가는 길 붉은 카펫을 오르는 동안 난 파리의 택시운전사를 생각하지 초록 벽에선 케이트 그랫츠의 '은총 입은 당신'이 걸려있고 그 아래 카트를 끌며 월마트를 누비는 여자의 어깨가 무겁게 풀어지네

치즈삼겹살을 시켜놓고 마블에 스미는 노오란 길이 나인가?

퓨전은 보기엔 좋아 이도 저도 아닌 맛, 함께 걸어 온 그 길 속에 너와 난 서로의 맛을 잃어버린 건 아닌지, A+B=C라고 듣지 못하고 A+B=A+B라고 고쳐듣는 일 디보의 음악에 위로받는 동안 알록달록 베네통의 감자 를 베어 문 여자 회심의 미소가 새롭네

그녀, 치즈삼겹살이 아니라 치즈, 삼겹살이고 싶은 거지

28

2.

별의 입성으로 나를 삼키던 이름들이 부유하는 새벽, 조각난 시간들이 퀼트처럼 하나가 되는 순간 난 너와의 불가능한 체위에 대해 생각하지 내게서 팽팽한 넌 기억에서 징후로만 읽혀지고 이젠 쇄도하는 현기증, 너와 나의 방은 환기가 필요해 넌 달리지만 난 걷고 넌 날지만 난 눕네 넌 늘 오른쪽을 바라보고 난 가끔 왼쪽이 궁금하지만 네가 드리운 커튼의 두께를 난 영원히 몰라야 하네

숨겨둔 명찰들은 우리들의 톨레랑스, 언제부턴가 너의 등 뒤에서 오래된 냉기를 끌어와 별자리 끝에 걸어두었네 밤마다 그 끝을 잡고 그네를 타네
흔들리는 것들의 배후는 어둠, 밤하늘
반짝이는 별그림자 하나 나를 베끼고 가네

*뉴킨−NEW+KIN의 합성신조어(퓨전에서 한 단계 발전된 공동체의식)

마루박이[*]

과녁에 떨리는 화살같이
샴페인 마개가 폭발하듯
웅 웅 웅 의도한 적 없는 개화가 자못 어색한 조연처럼

난 누구인가?

시간의 밀막을 열면 생의 절정이다
간판을 의식하지 않으면 미래가 네 것이다
흰색은 불온하다 따위는 대본에 없는 전언

난 누구인가?

느림대를 흔드는 조명처럼 갈피 없는 자목련
분노하며 춤추는 커튼처럼 목울대를 펄럭이는 자목련
기어이 피를 토하는 자목련

난 누구인가?

〈

허방의 갈채를 키우는 움푹하고 습한 무대를 지나
젖힐막 너머 봄을 토하는 자목련처럼
꽃일다 꽃일다 자지러지는 저 표정들 아래

난 누구인가?

시간의 걸음을 영원히 따라잡지 말았으면
이상한 간판 아래 서성이지 않았으면
사람과 사람이 백지처럼 깨끗한 줄로만 믿고 싶은
아롱거리는 마음이 마음에 건네는 본딧말의 화동이었
으면

*연기자가 막이 오르기 전에 미리 무대에 나와 있는 것

출퇴근 공식 일차함수로 풀기

　부저가 울린다 두 정거장을 놓친 후다 짝퉁 로가디스
를 입은 아저씨 자는 척하고 고무줄로 머리를 질끈 묶
은 아가씨 할머니에게 자릴 양보하고 부저는 또 울리고
공단행 버스 안에는 풍선을 잊은 지 오랜 눈빛들만 가
득하다 삼교대 가장들이 아이들의 머리에 풍선을 달아
줄 수 있을까? 시급 5210원 아르바이트 아가씨의 풍선
은 어디로 간 걸까? 빵이 절실할 땐 풍선을 볼 수 없다
지만 종일 빵만 찾다가는 풍선을 놓치기 십상

　왜 빵을 먹으면 풍선을 잊게 되는 걸까 빵이 풍선이
되고 해가 되는 공식, 잃어버린 눈빛에 관한 얘기다 그
함수를 생각한다 절댓값을 지닌 눈빛들, 극과 극을 치
닫지만 부호를 떼고 나면 같은 값이 도출되는, 출퇴근
길 승하차는 일차함수다 $y=ax+b$로 치환되는, 계수 a
는 태생의 문제겠지만 상수 b는 선택의 문제가 아닐까?
상수 b에 기대어 사선을 긋는 사람들의 아침, 여전히 문
제는 변수

　부저를 누른다 풀리지 않는 눈빛들을 뒤로하고 버스

에서 내린다 왜 내 눈은 계수 값에만 머무는 건지 나뭇잎 하나 보도블록에 떨어지고, 변수일까? 얼마나 많은 변수들이 남은 걸까? 이래저래 출퇴근은 만만치 않고 $y=ax+b$에 행인 A, 행인 B를 대입하면 풍선이 되지 못한 빵들이 해를 걷어간다 나뭇잎 X, 그 위에 포개지는 나뭇잎 Y, 그들 위에 떨어지는 햇살의 간극 한 올도 저울질 말아야겠다 아가씨의 실밥 터진 가방 안에 은행잎 하나 떨구어 주고 아저씨의 차가운 손바닥에 꽃 빵 한 봉지 건네고 싶은 아침. 생각은 포식성의 효모다

부디 꽃 피는 날엔 그 빵들, 다시 해로 뜨길 바라며

아주 현실적인 L씨가 오제의 죽음*을 이해하는 방법

도무지 이 악장을 지나칠 수 없다
사코리투스의 후예답지 않게 모난 나는
늘 마이너 코드다

올림내림올림내림
올림올림 내림내림
세상은 1,4,5,8 음정에서만 완전음

늦었다고 생각할 때 가장 늦은 거야
후생은 없어 마음대로 살란 말이야
생의 관절 마디마디 파열음이 부지기수다

나이도 많고 아이도 있는 내가
나이도 어리고 아이도 없는 소녀시대를 어떻게 이해할
수 있나
온음과 반음, 셈여림에 질식하며
대칭구조로 꾸역꾸역 오늘을 살다 죽을 것인가

〈

점점 빠르게 혹은 점점 느리게
항문과 입은 한통속
점점 아프고 점점 무감하게
반음 올려 볼까 반음 내려 볼까

기존의 음이 갈리며 새 음이 생겨나듯
비스듬히 빌붙으며 리듬을 타볼까
나의 진화는 지금 반음에 걸려있다

어제와 오늘의 크로스오버처럼
쪼개고 쪼개도 완전체를 꿈꾸는 사코리투스처럼
처음으로 돌아가 되풀이하지 않고 여기서 마침.
마침내 삶과 죽음이 동시에 열리자
푸른 입들이 뿜어내는 저 불협화음처럼

*그리그의 페르 귄트 모음곡 중 2번째 곡

자명한 오늘

―꺾꽂이를 하다가

지금 내 손가락은 꽃의 위험한 확증적 가설이다
너는 불손한 마고할미의 굽은 손가락을 기다린 적 없
으나
우리가 꿰뚫어 볼 수 없는 비린 생의 마디는
모두 향기로 돋을 것이니 꺾이는 것을 두려워 말자

만약, 걸어온 시간의 흔적이 독을 품은 우리의 손끝에
있다 해도
너와 나는 꽃을 밟아 길을 만들지 말고 꽃이 피기를
기도하자
지금, 내 손가락은 또 한생의 격조 있는 말을 관통하
는 중이다

우리가 놓인 시간은 자명한 내일과
불확정한 오늘의 노래로 비명횡사하는 것이니
사랑과 이별과 거부할 수 없는 어느 가설을 몰고 와서
꽃은 지금 선연한 안녕을 뚝뚝 고하는 것이다

사색의 별빛과 수 만겁의 바람과 무수한 불멸의 밤들은

분분한 낙화落花의 회랑으로 내달리고
우리는 머나먼 나와 가장 가까운 당신을 데려와
생의 마디에 꾹꾹 방점을 찍는 것이다

태초 나를 매혹시키는 모든 것들은 불가해서
나는 너를 모르고 너는 나를 모르고 우린 우릴 알려
하지 않는다
이쯤에서 너는 다만 잠시 덜컹일 뿐,
비리게 찬란하게 죽어가는 것이다

글라디올러스, 그녀

　그녀와 내통하던 프리젤리 칵테일 바, 그 집 이름이 내려지는 통에 내 속엔 잔바람이 일고 있어요 지붕 끝에는 아라베스크 둥근 달이 고갤 내밀어 그녀의 만삭 배가 출렁이고 있구요 그녀는 커피포트를 잘도 타일러 골목 구석구석 삼부카 아니스 향길 피워 올렸죠 그때마다 나는 은비늘 햇살과 뉴에이지풍의 음표를 쏟아내는 아라베스크 둥근 지붕에 올라갔어요 그녀가 하루치의 햇살을 걷어내면 알레포 티포트 뚜껑 옆에 붙어 벌름벌름 코를 세웠죠

　오늘도 그녀는 궁전 지붕에 올라 내려 피는 글라디올러스 꽃잎 하나씩 따고 있겠죠 언젠가 나는 밤새 밤보다 깊은 새벽길을 걸으며 그 향기에 가슴을 베었구요 그녀가 열어논 아치 창문 너머 나는 기린처럼 목을 빼고 아라비아 푸른 별을 바라봤어요

　나는 그녀 손에 들린 화이바 커피잔, 비워도 비워도 채워지는 만삭의 잔, 나는 살면서 내려지는 이름들을 그녀에게 전하려 점점 동글동글 모가 닳아요

2부

모자 찾아 떠나는 호모루덴스

신이 하늘의 모자를 훔쳐 인간에게 준 반역
순수의 퇴락은 거기서부터다

모자 홀릭,
자꾸만 바뀌는 시간의 파장을 난 모자의 부피라 읽고
후흑[厚黑]의 비밀이 그 모자의 무게여서
보이는 것에만 눈이 어두워지는 시간을 내일이라 쓴다

비밀이 늘어날수록 난 어지럽다
시간의 안녕을 훔치기 위해 나의 생은 쥐뿔도 없는 블
러핑

머리는 있는데 모자가 없고
모자는 있는데 머리가 없다
부피와 무게는 대체로 비례하지 않기에
갇힌 것은 언제나 자신일 뿐

마피아도 곧은 남자
창녀도 정숙한 여자

알고 보니 카사노바는 불멸의 고자

수평선 너머를 보게 된 직립의 저주로부터 우리는 모
자를 얻었다

머리에 묘혈을 파니 모자는
어디든 있고 어디든 없다
먼지를 불리는 책상 아래 숨어있고
화분 물받이 구석 곰팡이로 안착되고
일간지 사회면에서 착하게 부활한다

신이 자신의 형상으로 만들지 못한 유일한 피조물, 머리
엔 모자가 없어 우린
사람으로 태어나는 것이 아니라 사람이 된다

에바리스트 갈루아*가 죽기 전날의 풍경

참치 캔에는 참치가 없어요
체리 잼 성분엔 체리 맛 향만 있어요
수납장을 열자 풍문에 기댄 소리들이 쏟아져요
근거 없는 것들은 빨리 해치워야 할 것 같아
귀를 후비다 말고 난 요리를 합니다

아래층 여자가 봤다는 여자의 허리를 자르고
　당황해 하더라는 그이의 눈빛을 뽑아 샐러드를 버무
립니다
　볶고 지지고 데치고 비벼서 귓바퀴에 걸린 소리들을
펼쳐 놓아요

인터폰이 울립니다
　아래층 여자는 부지런합니다 몰라도 되는 것까지 알
려주지요
　먼저 말을 건넨 적 없어 내 귀는 자주 피곤합니다
　그냥 아는 사람일거야 능청은 예정에 없던 양념이지요
　모르는 것은 약이라서 모르는 척하는 건 안전하니까
를 고명으로 얹습니다

참치 캔의 잡어도 때론 참치 속살만큼 꼬숩해요

체리 맛 향은 체리보다 체리 같죠

난 근거 있는 근거 없음을 조리고 있답니다
근거 없음의 근거 있음이 소리의 속성 아니던가요
난 지금 손잡이가 꺾인 수납장이고 속으로 자꾸 깊어
갑니다

그녀는 색다른 재료들을 마구 쏟아내고 난 밤이 되면
그중 실한 소리들을 고르고 골라 쟁여두지요
힘에 부대끼면 재료들을 이제 그만 가져오라 합니다
만 그녀는 여전히 뜸방입니다

아직도 귀가 전인 그이는 알까요
숙련된 소리 요리법을, 오늘은 그이에게 살짝 귀띔해
줘야 할까 봐요
지금 내 귀는 창을 넘고 거실을 지나 지하주차장쯤에
걸려있어요
밤보다 깊은 새벽이네요

*프랑스의 천재 수학자로 20세의 젊은 나이에 결투로 요절했다

李美子를 듣다가

나비가 되고 싶은 난
겨드랑이를 살피지만 소식 없다
오래된 무덤처럼 적막할 뿐
면역 없는 노래, 내 머리를 매혹시키는 건 늘 불가해
여서
우리의 엇박자는 밤보다 깊고 별보다 서늘하다

지상의 모든 악보는 눈 감고 보는 것
세설細說하는 바람, 삼월의 꽃망울에 내려앉고
약에 쓸려고 해도 없던 진심의 그 찰나마저
수의를 벗은 적 없는 넌
왜 세상의 공동묘지를 사유思惟라 부르나
난 너의 symmetry.
새순으로 접목할 시간이
내 사랑의 무게로 파멸되고 말 이 순간이
우리가 부르는 비극의 시작일까

왜 우린 교착을 잊는가
나비도 길을 잃고 불온은 사랑의 영토를 잃어간다

우리 모두의 슬픈 노래,
너에게로 가는 목소린 가장 비극적 엘레지

태양이 네 검은 옷을 태우고 있다
봄엔 가면을 벗고 썩은 백합의 악취를 날려버리자
표정을 바꾸지 않으면 날 수 없을 것 같은 이 불모의
광장에도
한때 스스로 빛나던 것들 날개 펴고
지옥으로 안내하는 천국의 계단 어디쯤에서 우리 함
께 가고 있다

눈먼 사랑아!
죽음 너머 삶을 생각하며 난 네게로 간다
겹친 순간 이별은 시작되니, 평행의 자기장에 갇혀
거짓 표정만으로도 위로가 되는 봄날엔
그대만이 오직 그대요라고
그대 안에 쓰인 그대를 베낀다

무늬와 무늬 사이가 멀다
—자동차 접촉사고 처리를 하면서

말의 무늬, 스타카토로 박히는 풍경, 내 심장은 크로
스스티치, 지금 당신 목청은 라이트앵글스티치, 이 순간
배경은 죄다 아웃라인뱅글스티치라 하자
　이 간극을 메우려면 뭐가 필요할까 지워야 할까 더
그려야 할까

　경고음 울리고
　갓길에 차를 세우고 연락처를 주고받는 사이
　우린 하나 무늬가 될 수 있을까
　시각과 시각의 간극이 도안에 옮겨질 때
　나 살고자 하는 시간은 이미 지나버린 걸
　이 순간 한길뜨기로 마무리한다면 훨씬 수월하겠는데
　당신 무늬를 내 의식의 도안에 옮겨보라니까
　우리 위장무늬를 그려 봐
　당신은 오늘 내게 가장 완벽한 무늬라니까
　무늬의 속성을 거슬러 우리 눈빛은
　드르륵 드르륵 바코드로 박히잖아
　시간의 흐름은 각진 것들도 궁글리겠지
　우린 서로의 무늬에 길들여질 수 있을지 몰라

〈

　뱉은 말의 무늬는 가지런할 수 없잖아 현재와 과거의 끊임없는 대화[*] 어디쯤, 난 어떤 무늬를 직조하는 중일까 최단거리는 직선이 될 수 없다는 거, 공간을 접으면 겹쳐진 순간 하나 점이 된다는 거, 가정은 필요치 않아 익숙한 자취만 남을 일, 그렇게 난 또 다른 당신의 무늬라니까

[*]EH, 카아의 《역사란 무엇인가》저서에서 차용

47

옹브르*
−어느 5월의 이별

　액자를 막 탈출할 것 같은 새 그림이 걸려있는 파스구
치 카페 창가에 앉아 불만에 스스로 속지 않는 그림자와
반시계 방향의 빛을 이해하는 그림에 대해 생각한다.

　액자 속, 날개는 그림이 되지 못하고
　그림 밖 세상, 두 개의 그림자를 물고 가는 저 새
　이곳과 저곳의 경계를 생각지 않았으므로
　내일은 비상悲傷.

날개를 접는다면 우리는 아직 절망을 모르리

　그림의 완성은 그림자
　도망치는 건 언제나 그림 너머 그림자일 뿐
　영혼을 날개라 노래하지 않았으므로
　오늘은 비극悲劇.

밝음에서 어둠까지 모조리 생이라 부르리

〈

　그림자를 드리우는 애인과 그림을 꿈꾸는 내가 서로 속이고 있다는 생각, 미움과 사랑이 동숙^{同宿}이듯 마침내 그림이 되지 못하는 새, 그녀와 나 사이의 거리를 날아와 식은 커피잔에 내려앉고 오래 마음 둔 것들이 와칸 빛으로 쏟아지는 오후, 자꾸만 그림 없는 그림자 깊어진다

　*그늘을 뜻하는 프랑스어

그렇게 우린

노련하게 차갑다. 우린
불을 길들이며 지배자가 된 사람
칼을 차면서 지배자를 바꾸는 사람
글을 쓰면서 지배에 익숙해진 사람, 우린
무딘 척 따뜻하다

순간순간 미동 없이 선을 그으며
사선이 두려워 평행으로 영원히 만나는

어쩌다 우린 평행으로 만나는 걸까
불가능한 진화를 꿈꾸는 걸까
닿지도 멀지도 않는 간극을 지키며
오해에서 오해로 물들어 가는 걸까
겹치는 순간 하나 점으로 멀어지는 시간과
점, 선, 면, 공간까지 탈탈 털려 이 구역에서 만난 걸까

골짜기에서 온 사람, 똑바로 선 사람, 일하는 사람,
생각하는 사람

사람이란 사람은 이 구역에선 결국 하나 교설도 세우
지 못하고
　　단 한번 이별하고 영원히 만나
　　꼼짝없이 서로 오염되고
　　꼼짝없는 자세로 함께 늙어가며 한 점이 되는 걸까

　　무디지만 따뜻하게 서로를 밀어내고
　　차갑고 노련하게 서로를 밀어주며

일간지 사회면을 넘기며

　모든 휴지는 희다 희지 않은 것은 휴지가 아니다 흰
휴지들만 휴지가 된다
　휴지도 아니고 흰 것도 아닌 모든 것들은 p와 q의 목
소리

　q는 p의 환상 피조물이며
　p는 자신의 형상으로 q를 잉태했고
　p의 소망은 q를 완성했다는
　환상적 행복에 갇힌 p를 현실적 행복에 마비시킨 사
기꾼 q의 이야기

　언젠가부터 q는 p의 주체자
　p가 q의 형상으로 창조되자
　q의 나라에 갇혀 사는 부속물 p들의 절규, 절규들

　난 나를 모른다 난 널 모른다 우린 우리를 알려 하지
않는다
　증명할 수 없는 것들이 넘쳐
　q가 아닌 q들과 p이면서 q인 것들의 아우성

〈

이제 p들의 목적은 모든 것에 적응하는 권능을 얻을 것
귀를 닫지 않을 것
최선을 다해 표정을 미끄러뜨릴 것
우리의 죄를 기억 너머로 모조리 삼켜버릴 것

당신 안에 잠자고 있을 p의 또 다른 p인 q가 아니면
p도 아닌
누군가가 아무나가 되는 아이러니
아무나가 정말 아무나가 되는
p와 q의 거짓 네버엔딩 스토리

사막으로 가요
─자존심, 우정, 사랑, 책임

사막으로 간다
사자, 원숭이, 낙타, 토끼와 함께 가는 길, 목이 마를
쯤, 난 토끼들이 뛰노는 선인장 밭을 지나고 있고 갈기
가 거추장스러운 사자는 미련 없이 버린다

노을에 잠긴 토끼들의 눈이 하루치의 햇살을 머금고
붉게 익어간다
토끼들이 아가베 속처럼 영글고 나의 사막엔 간간히
비가 내리고 길이 무너지기도 하지만 간혹 원숭이들이
찾아와 더운 입김으로 손을 녹여준다

등을 내주던 낙타가 등을 보이며 멀어져 갈 때 토끼
들이 내 신발 끈을 물고 잘근거림으로 안녕이라 할 새도
없이 밤은 오고 다시 아침이 열리고 사막엔 끝없는 길이
나고 있다

사자를 버리고
원숭이를 저버리고
낙타를 떠나보내고

토끼가 남은 사막

함께한 이들을 생각한다 보이기 위해 피는 꽃은 향기를 덥고 멀리 가는 길의 발자국은 자취를 지우고 라플레시아 꽃잎 속쯤이 나를 스쳐 간 흔적들의 먼 근원이었으리라 이 밤, 사막의 결은 같이 걸었던 이들의 온도로 차분해진다

어둑한 길에서 야성이 돋는다 문드러진 발이 되어야 온기를 얻을 수 있던 사자를 데려와 나는 다시 사막으로 간다

원숭이, 낙타, 토끼도 따라와 밤하늘에 오르고 달무리에 어리는 시간들 쏟아져 나를 베끼는 밤, 사막에는 마음이 좌표다

추억, 꽃 일다

울음이 습관화된 사람들은 횡격막과 눈물샘이 한통속인 가슴우물을 가지고 태어난다 내가 아는 슬픔은 대체로 가족력을 지녔으므로 삶의 변방은 간헐적 유전의 다른 이름이다 태생 3短인 아버지는 표정을 담지 않으면 지상에선 살아갈 수 없다는 걸 몰랐으므로 밤마다 소주로 막의 수위를 조절하곤 했다

참호 같은 방, 한숨과 국적불명의 욕지거리가 마루를 따라 벽을 뚫고 무너진 담장을 넘어 하늘에 오르던 밤, 홑이불 위에서 갈지자 헤엄을 치던 아버지의 몸은 늘 만수위였다 그때마다 난 아버지의 찌든 양말을 벗기며 우물에 드리워진 암막을 걷어내곤 했다

우물은 깊은 곳에서만 흐른다는 걸 그때 알았다

내 눈물의 근원도 저 물이었음을 세모눈으로 바라볼 때 등 뒤에서 웅크린 어머니의 우물이 내 몸을 덮쳐오고 막이란 막은 모두 끌어안고 잠든 밤, 아침이면 어머닌 이미 시장통을 부유하고 있었고 아버지의 우물은 제 수위를 지키곤 했지만 난 모든 현상과 사람과 세상을 향해 뾰족하게 출렁이고 있었다

〈

밤, 거룩하고 고요한 밤, 197*년 십이월의 어느 날 밤

갓난아이가 된 할머니와 다섯 아이들의 허기 앞에서 숨죽여 범람하던 아버지의 우물, 차압 딱지로 돌아온 우정 앞에 그 밤, 아버지는 허공에 불특정다수를 향한 종주먹을 날리고 어머닌 두레박 같은 손길로 내 이마를 쓰다듬으며 그 물길을 잠잠 다독이고 있었다

창가에 나리던 눈의 입자 속으로 미끄러져 들면 전날 어깨들의 손아귀에 머리채를 저당 잡혔던 어머니의 악다구니가 서늘하게 오버랩 되었다 난 우물에서 빠져나와 우물의 크기와 깊이에 대해 골몰하기 시작했다 높이가 없는 내 가슴 막은 아버지의 가족력이다 나를 스쳐 갔던 애인들은 내 가슴 크기에 빠져들지 않았고 없는 지느러미 넓이와 관의 높이를 재곤 했다

깊이와 넓이는 대체로 비례하지 않기에 자주 문드러진 그즈음 난 비로소 뾰족하지 않게 출렁이는 법을 알게 된 것이다 나와 맞짱 뜬 막들을 걷어내고 흐르는 중이다

내가 아는 대부분의 우물들은 속으로만 흐르기에 깊다

기름장을 만들다가

-h에게

저을수록 극명한 간장과 기름의 막을 본다

그들 사이의 뚜렷한 층리, 생각 너머 생각 쪽으로 한 몸이 될 수 있을까

우린 가끔 미지의 당신, 당신들께 길을 허락할지 모르지만

매번 나와 당신, 당신들과 나의 머리와 가슴 사이 거리는

간장과 기름의 간극만큼 명백해지고 이럴 경우

나는 우리라는 생각에서 늘상 벗어나고 싶다면 어떨까

막은 틈이 없는 더께를 키운다

시간의 흔적은 자세히 보지 않아도 선명하다 아니 자세히 볼수록 제자릴 찾는다

그러니까 간장과 기름은 시간 앞에서조차 완고하다 결국

우리에겐 틈이 필요한 것인가

깨진 종지, 그곳 오래된 틈새도 가시권역, 그곳에

내가 눈치채지 못한 비밀이 숨어있을 것 같아

막이 사라질 때까지 저어본다

종지에서 걸어 나오는 당신과 당신들, 당신들과 당신의 발소리에 묻어나는

향기로운 기도소리에 내가 섞일 수 있다면 어떨까 하
지만
애초 생기지도 않았을
*사랑, 미움, 시기, 질투, 먹고 마시고 속고 속이고 죽
고 죽이는 것에
대해 결국 하나가 될 수 없는 우리들의 간극에 대해
생각한다
당초무늬를 그리다 끝내 제자리로 돌아가고야 마는
기름과 간장 사이엔 분명 직수굿한 그리움이 녹아있
을 것도 같다
깨진 종지의 틈, 당신에게 드릴 그
틈새만큼의 가슴공간이 내게 남아있다면
당신과 당신들의 발목
그 발목을 잡고 따라가는 내가 걸어 나올 것만 같은데
우리라는 말 속에서 유연할 수 있을 것도 같은데
당신의 기도 소리에 귀를 열어 보아도
저어도 저어도 극명하게 분리되는 기름과 간장을 어
찌할 수 없다면 어떨까

*솔로몬의 말 인용

갸루*식으로 화장하기

여자가 화장을 지우지 않는 것은
내일이 오늘보다 먼저인 까닭일지 모른다
화장이 짙어가는 시절에 누군들
먼저 도착한 시간 앞에 말간 속살 보일 수 있을까
눈을 덮는 자귀나무 꽃잎 같은 속눈썹이
만지면 파르르 손가락을 감아 통째로 몸을 삼킬 것
같은 혹독한 파르티즘을
자분자분 다져 숨기고 있을 것이다
숨 쉴 만큼만 남겨둔 모공
파우더로 얼굴을 죄다 가리지만
내일이면 또 오늘이 되는 생,
쉬이 벗을 수 없는 가면에 길들지 않을까
주소를 떠올릴 수 없는
누구에게나 주어지지만 아무렇게나 벗어 날 수 없는
어둠이 오지만 끝끝내 밝음 쪽으로 번져가는 변장의
계절
그녀의 생존법은
10센티 통굽에 올라 발아래 굽어보지 말자고 다짐하
는 것

까닭 있게 얼굴이 두터워지는 것

표정을 무표정으로 연출하는 것

덧니 속에 감춰진 미소로 당신들의 조롱에 가볍게 응
수하는 것

무릎이 작아 쉬이 관절이 꺾이지 않는 고양이 한 마리

반의반 그 반에 반의 시간을 의식하지 않으면서

남은 계단을 마저 오를 수 있을는지

속을 드러내지 말자는 맹세를 굳건하게 덧칠하다가

막이 오를 때쯤 맨 얼굴이 보일 거라며 마지막 대사를
갸르릉 거릴지

한층 짙은 아이라인을 그리는 그녀

가벼운 것들의 장막에 실상 숨어있는 무거움에 대해

*일본식 화장법

부작위

창밖, 비조차 기립박살이 나는 아침,
TV에선 악어가 누우 떼 새끼들을 소리 없이 습격하고
어미들은 뼈도 못 추린 새끼의 주검을 보고 있다
유유히 사라지는 악어, 슬픔은 온전히 누우 떼의 것

지옥도를 현실에서 목도하는 느낌이랄까?
아무 일도 없는 것처럼 눈을 감을까?

유죄인멸의 우려가 없는 무리 중
표정연기에 가장 능한 한 명을 골라 봐!
폭탄 돌리기에 급급한 무리 앞에
우아하게 잡혀 와 거짓 눈물을 보이는 그녀 말이야!

책임을 물으면서 책임의 해결을 맡기는 신파가 어디
든 있지 않니?
관객은 주인공의 배경일까? 들보잡일까?

게임의 본질을 잃어버린 세상에 대해
확률이 높은 죽음에 대해 물어볼 거야!

흥정에 실패한 사기꾼의 의기소침 같은 것
뼛속까지 파고드는 숨긴 손톱 같은 것
창녀의 달콤한 혀 돌기 같은 것

앞장서 달리는 분노가 이성을 끌어가지 않니?
진행형의 슬픔은 어쩌면 좋을까?

비는 지리멸렬 창을 때리고
초원의 누우 떼는 다시 풀을 뜯고
화면을 돌리면 TV에선 '신나는 세상 여행'이 방영되고

여행

네가 나를 품는 시간, 내가 네 속으로 침윤浸潤하는 순간, 정상위를 고집하는 네가 후배위를 즐기는 나를 다독일 때, 난 나야 외치지 말라

삭朔의 시간
계류憩流의 시간
박명薄明의 시간
우리 앞에 놓인 그 사이와 사이들,

그림 너머 그림자를 마셔라 그곳이 우리의 다른 이름 G스팟.
내가 네가 되는 곳, 네가 나일 수도 있는, 반구저기反求諸己의 시간을 잇는 이 찰나의 멀티오르가슴.

3부

뱀과 꽃과 사막과 오아시스의 시간

언제부터인가
머리에 꽃 피지 않았는지,
뇌수가 말라 몸이 마비되고 있다는 걸 모른다
나는 아직 녹지 않는 얼음을 기억하며
촉수에 불 지피는 것, 잊지 않고 있다
불모의 열기가 시야를 죄어 올 때마다
두피에서 불쑥이는 냉기가 불을 뿜어 길이 난다
사막의 끝자락에서
결빙의 시간 꽃이 될지
어쩜, 난 열사의 구렁에서 빛을 녹여야 하는 해바라기
대궁이 속 새겨지는 시간의 이랑들, 뜨겁게
얼음의 미덕 품어야 하리
몽상의 해를 품고 차디차게 허물을 벗으리
모래톱에 결을 남기는 중
나는 지금
녹고 있는 빙산이다

외뿔소자리 성운에 길을 묻다

1.
지금부터 난 귀를 눈이라 믿는 날들과 한통속이지
먼저 태어난 별을 신이라 믿는 종족의 영원한 하수지
밤의 환상으로 창조된 바람의 형상으로 강림한
무몰식無沒識 환상통이지

어디서 왔는지
어디로 가는지
왜 길을 찾는지

결국 내 것이 될 수 없는 의문들이 자라는 방에서
나를 삼킨 소리의 웅성거림을 다독이며
바닥에 배를 깔고 빛을 잃은 세상의 내밀함에 대해 골
몰하지

새벽보다 깊은 밤을 걷는
우주의 성체星體 위에 귀를 건 난 눈 뜬 귀머거리
지상에서 지하로 지하에서 지상까지 두루 숨어있는
소리에 매몰된 채

손톱을 숨긴 겨울바람이 전하는 세설世說을 온몸으로
맞고 있지

2.
밤은 너무나 가혹한 미래여서
표정을 감춰야만 살아남을 수 있다는 듯
낮의 표정을 싹 갈아 치우지

난 언제쯤 저곳에 닿을 수 있을까
오글거리는 소리와 나불거리는 입들을 경배할 수 있
을까

소유거리에 들고 싶은 마당귀 소사나무조차
이참에 귀를 닫고 잠든 밤
꼬리별들이 자꾸만 쏟아지는 밤
머나먼 나와 가장 가까운 당신과 당신들을 물고
소리의 입각점을 찾을 망원경이 필요하다고 느끼는 밤
창 너머 미립자 별들도 혼자서는 길을 잃고 별무리 지
는 밤

빛과 어둠의 이음매를 찾아 떠도는 소리의 도굴꾼처럼
별 그림자 하나 나를 베끼고 가는 밤

홀로 발광發光하는 모리배
세상의 모든 배반을 노래하는 디스토피아, 밤
소리는 소리를 먹고 자라 외뿔을 달고 하늘을 밝히지
눈을 감고 귀를 열면 온전히 하늘에 닿을 수 있지

모자이크 동화

- 형법 제33장 제307조 ~제311조 관련 규정과 위법성 조각사유

1.

아마존 밀림이 삼켜버린 마로카에는 데사나족이 산다 짧은 해가 들지만 가장 긴 하루를 산다는, 남자는 입고 있던 야자수 잎을 태워 마니오크를 심고 그 독에 기린처럼 혀가 늘어 혀가 짧아 착한 여인들이 사는 곳, 향기 없음이 가장 향기로운 땅, 고립이 도리어 낙원이 된 그곳에서 아이들에겐 삼촌이 형이 되고 언니가 엄마가 되기도 해 밀림 밖 문명인들 가슴에 혼돈의 독을 뿌리기도 하지만 위라를 신으로 모신 그들에겐 독이 때론 향기가 되어 오늘도 파릇파릇 생명의 꽃을 피운다 데사나족에겐 그들만의 경전이 있고 독을 중화시킬 숲이 있다 언젠가 욕망의 숨골을 찾아 빌딩으로 들어간 여자가 있었다 숲 아닌 허위의 땅, 내딛는 곳마다 비릿한 공기만 가득했으므로 밀림으로 떠난다 했다 밀림의 숨구멍이 자릴 찾으면 지구의 숨 고르기가 시작되고 끝나는 그곳에서 문명을 비질하며 늘어난 혀를 허리에 감은 내가 걸어 나올 것만 같다

2.

사과 독에 죽었단 건 오해야 도넛으로 말린 양말, 맥주 거품이 삼킨 거실, 게우다 넘친 변기통, 이런 정황증거엔 무슨 생각해야 하니? 속병은 머리에서 시작되지 마녀가 팔러 온 건 책일 거야 책장이 넓어질수록 입에 축적되는 독은 넘쳐나지 마력이 속도를 불리면 저주가 된다는 걸 거울은 일러 주었을까 거울아거울아 누가누가 나쁘니 세상에서 말이 말을 등에 지면 독이 된다는 걸 모르는 난쟁이들이야 사생아를 버려두고 궁전을 뛰쳐나온 그녀, 길을 잃었다는 자책, 말 탄 왕자 없어 모든 입은 무기가 될 수 있어 흰색은 물들기 쉽지 흑 빛의 그녀를 보면 알 수 있잖아 난쟁이들아난쟁이들아 네 키들을 다 엮으면 중독된 혀들을 중화할 수 있겠니? 하얗게 죽을 수 있다면 우린 걸리버가 되어도 좋아 목젖이 붓도록 불러 보지만 삶의 변방엔 늘 그림자가 자릴 잡지 키가 작을수록 그림자는 길어져 늘어진 혀를 밟고 까치발로 서야 해 계단마다 구두를 벗어 두지만 결국 우린 소리만 요란한 속 빈 유리 구두일지 몰라 자살은 많은 경우 타살이 아니겠니? 모자이크로 편집된 현장, 우린 지금 누구를 죽이고 있을까

분갈이를 하다가

오늘이 어제와 내일의 경계라면
지금이라 말하는 순간 이미 지금이 아니어서

나의 꽃이었다 꽃일 것이다 꽃이다 넌 ,
 사악하게 살다 단 한 번 선을 위해 죽는 시간의 어릿
광대
 원인도 이유도 필요도 없는 우연한 이별
 그곳에 사랑의 최초가 양육되고 있구나

2년 전 : 층층나무들이다
1년 전 : 잎마름병 치료에 들어가다
20분 전 : 잔뿌리를 자르고 가지를 친다

(노령을 영원한 사랑의 시동으로 삼아볼까?)

2분 전 : 마사토를 깔고 배양토를 넣는다
지금 : 잘린 가지를 다시 붙인다

(시간과 외양의 회귀본능?)

〈
1년 후 : 층층나무 무성하다
2년 후 : 층층나무 새순 돋다

어제와 오늘과 내일
시간의 흐름에 사멸하지 않는 것이 있는가

외양은 이미 말라가고
봄은 실패 없는 모의^{謀議}에 익숙한 배후라면 난,
사후를 예견할 수 없는 지금을 꽃이라 부를까
과거를 상상하고 미래를 기억하는 지금 이 순간을 이
별이라 부를까

주관적 어제와 객관적 오늘을 갈음하며
내일을 또 그리워하다
이별 끝에 사랑의 발화를 기다리고 있는가

몽상가와 청소부
−눈 내리는 새벽에

난 몽상의 미학자
어제, 걸어 둔 뱀피 무늬 잠옷에 불의 혀를 밀어 넣고
오늘, 마시다 만 포도주에 겨울의 심장을 블랜딩 한다
오늘의 골방이 내일의 우주가 되는 기적을 위한 축배, 雪

창이 열리면 들어오고
창이 닫히면 가뭇없는

지상의 모든 星座는 지붕을 뚫고 거실을 지나 나의
창을 두드리고
내밀한 것들은 겨울을 몰고 별처럼 반짝이네, 새벽을
밝히네

오늘은 없었고 어제는 있을 것인가
머리와 가슴의 경계가 무너지고 있다

난 말의 회랑을 돌아 오늘을 닦고 있는 청소부
오늘, 남긴 단 한 줄도 타는 심장을 녹일 수 없고
어제, 포도주는 굳은 혀의 도수만큼 식을지라도

난 겨울의 공격 속에서 골방의 내밀함을 키워 가리라
순백의 비수를 기꺼이 맞으며
사위가 온통 환한 새벽을 걸어가리라

뜨겁거나 차갑게
미치거나 미쳐가고 있거나
나이거나 나였을 것이거나 마침내 우리가 되는 그 무
엇을 위해

시를 위한 구름 칸타빌레

평행의 자기장에 갇힌 꽃은 행幸인가요 겹치지도 멀지
도 않을 향기는 불행不幸인가요?

내 순한 아이야,

순백의 분 바르고
붉은 목젖 감추고
사철 레이스를 입으렴
창포 꽃가지 물고 날아오르는
멧세의 눈동자를 담으렴

수렴되는 지점을 버리고 극한으로 내달리는 야생마가
될래요 사선은 답답해요

에덴의 철망 너머
야생마 뛰노는
거기 진저리나는 탱자 밭 지나
우물에 닿으면 무지개 당겨
물빛 드리우는 그림자는 지우렴

〈

쓰고 싶은 것을 쓰지 않는 순간이 오면 나의 빈 정원에도 서광 꽃이 필까요? 보이기 위해 피는 꽃이 꽃인가요?

이를테면 말이다
할 말을 선택하면서
우린 이미 회색분자인 거야
어쩌면 보이기 위해 피는 꽃만 꽃이란다
적당한 거리는 아름다운 거잖아
겹치는 순간 이별은 시작되니까

회전하는 부호에 갇혀있어요

몰라도 되는 것까지 알게 되는 것
표정을 감춰야만 살아남을 수 있다는 걸 눈치채는 것
베일 뒤의 눈빛을 가늠하기 시작하는 것
슬픔의 안태安泰는 바로 뜬구름이란다

테제[*]의 봄

　머리에 꽃씨를 심지 마세요 씨앗은 불행의 시작입니다 가급적 색[色]을 띠 지 않음이 행복의 근원입니다 꽃을 기다리지 마세요 화단엔 똥내가 지천입 니다 죽음이 삶의 시작이라는 건 명백한 오해입니다 책 속 불가지의 궁극적 실체는 모두 화단 밖의 일이니까요

　시들다 곤죽이 된 칼라와 쥐꼬리망초와 로벨리아 꽃잎은 잉여의 기도를 낳고 당신의 봄을 화단에 가둘지 몰라요 생은 악취 외에 무엇을 남기나요?
　행복은 오해로부터 시작되고 오해에서 오해로 점점 멀어지는 중이죠 당신 은 아직도 꽃이 꽃씨 속에 있다 착각하나요?

　죽음과 삶은 동시발아 중이죠 표정을 감춰야만 살아남을 수 있다면 삶과 죽음이 달라야 합니다 넌출거리는 봄, 삶의 경이적인 표현은 모두 화단 밖의 일이니까요 그러니 우린 화단을 만들어 꽃씨를 심을 것이 아니라 꽃을 품어 화단을 벗어나기로 해요 당신, 심장은 지금 어느 계절에 닿아 있나요?

　*논리를 전개하기 위한 최초의 명제 또는 주장

직소퍼즐

굿모닝! 난 맨홀뚜껑이야
가로세로 높이보단 대각이 좋아
사각은 사양할 게 체할 수 있잖아
구름 지름이 내 입보다 큰 법은 없으니까 원형을 지향해!

굿애프터눈! 난 엘리베이터야
사방이 내 눈이지
10층의 넌 1층 누르고 외출을 하고
돌아올 땐 7층 누르고 4층은 걸어가더군
난장인가 봐 넌
비 오는 날엔 우산으로 엘리베이터 버튼을 누르네
지하에서 옥상으로 다시 옥상에서 10층은 비껴가고
지금쯤 지상은 무사할까 비상벨이 필요하니?

여기서 하나 더 우린 누굴까, 맞춰볼래?
스핑크스 앞에서 죽은 안토니와 클레오파트라
옆 보올^{bowl}엔 독약이 없지
스핑크스? 아니
그 앞에 죽은 안토니?

아니아니 독약을 든 클레오파트라?
왜 죽은 걸까 그 여자?
왜 살고자 했을까 그 남자?

고양이가 엎지른 어항에서 탈출했지만
절로 호흡법 모르는 우린 죽은 금붕어 커플이었거든
언제나 난 너의 사각판 너머 둥근 햇살이고 싶었건만
어디로 흘러가야만 하니?
가끔 네 성기에서 누런 똥이 묻어나지만
난 애써 외면하지
풀리지 않는 숙제 같은 넌 내 속에서 아프게 박힌다니까
그래 넌 온몸이 가시였구나

내게서 푸른 잎이 되지 못한 한 편의 비루^{悲淚}
세면대 거울에서 걸어 나오는 널 어떻게 정의할까
그것도 매일 아침마다 말이야
어떤 에로티시즘으로 우리들의 아침을 열어줄래

부기로 자릴 옮긴 아침의 위력

사실 넌 사각의 틀에 갇힌 내 손톱,
새살로 돋는 아침의 나신(裸身),
넌 아물지 않는 나의 상처였나 봐
살면서 내려지는 이름들을 너에게 전하려다
점점 동글동글 모가 닳고 있어

귀 열어 주세요

내 수호신은 아르테미스
길을 떠나요 밤이 오면
나는 아폴론 신전에 드는 귀머거리 제사장
아르테미스 당신을 믿어요
진작부터 자전하는 중이죠
막힌 귀를 달고는 신전에 들 수 없어요
지상에선 표정을 담지 않으면
살아날 수 없다는 걸 믿는 동안
길을 헤맸답니다
당신의 입김으로 싹을 틔웠죠
당신의 궤도 속에 들고 싶어요
그것이 제가 가진 완력의 전부라구요
말들의 궤적을 걷고 싶어요
길은 누구에게나 열려있지만
방향을 알려 주는 건 당신 몫이죠
반짝이는 별들의 속삭임이
잠든 귀를 깨우는 동안
내 눈은 당신의 그림자
침묵의 소릴 쫓고 있죠

밤이 오면 더욱 빛을 발하는 활자들에 이끌려
날마다 하얗지만
길을 쫓는 건 눈이 아니라 귀를 여는 거였죠
당신의 무늬 속에 내가 베껴지는 동안
빛의 소리가 들리는 것만 같아요
하늘의 구름 꽃, 별빛 양초, 바람의 꼬리 음표
모두 모아 당신의 신전에 헌납하고 싶어요
별들이 제 길을 걷는 동안
밤물 같은 어둠에 반짝 당신 눈물이 비쳐요
속에서 차오르는 소리 있어
막힌 귀를 적셔 주네요

미술관에서

귀를 건다

(에어펌프 실험), 조지프 라이트
공기를 빼면 새는 죽어요
이건 그냥 실험 이란다
밥통이 큰 사람이 많이 먹는 법을 가르쳐요
아이들 눈은 가려야하죠

(이삭줍기), 장 프랑소아 밀레
지평선 아래 차분한 몽텐블로 숲 너머 허리 굽은 여인들
햇살로 퍼지는 가난의 속삭임
이삭이라도 주워 새끼들 배는 채워야지
내 어린 날 어머니가 있죠

(밤의 카페테라스), 빈센트 반 고흐
잘린 귀가 없으니 입은 하늘에 올라
청자색 밤하늘 은하수를 마셔요

별의 궤적이 삼나무를 타고 내려
황금색 찻잔엔 연인들의 밀어가 녹아
밤은 농하게 익어가요

귀가 환해 온다

손바닥 유전

어디쯤에서 발원됐을까 난 혈구를 타고 당신 몸속으로 들어간다 유전 여행은 시작되고 화성평원, 두툼한 입구 주름진 둔덕 거슬러 오를 쯤, 평평한 대지였을 당신의 푸른 날들 펼쳐진다

월구 쪽으로 방향을 틀면 시간의 축척, 알마게스트와 난 동일성이다 수륙양용 M3벤의 궤도에 안착하는 푸르고 노란 이중성이 되기도 하는 난, 당신의 손금과 너무 멀다 당신은 저리도 먼 위성이었나 목성구를 지나 검지로 오르면 회오리치는 지문, 토성구, 태양구, 수성구를 지날 쯤 생명선과 지능선은 하나의 섬*을 만들고 그 둔덕 어디쯤 난 쉬어가기로 한다

한때 당신에게 쉼터였을 난
단일 유전자로 이 얽히고설킨 사슬에서 벗어날 수 있을까
절단기에 손가락이 죄다 잘려버린 당신
대출을 받아 보금자리 주택을 마련할 때
희망 아파트 경비직을 구할 때

농성 주모자로 피의자 신분 확인을 받을 때조차
끊긴 지문을 내게 보이지 않으셨다
신작로 같은 내 손금을 만들기 위해
당신의 손바닥엔 저리도 많은 실금들이 생겨난 걸까
다행히 그곳엔 M*자형 쉼터가 있고
꽃 피고 노래하던 당신이 깨어있고
반 마디, 그 반의 반 마디를 잇다 보면 저 너머 내 손금이 보인다

'해고자 복직사수' 현수막 펄럭이는 송전탑 위에서 당신은 지금도 손금을 긋는 중이다 살그머니 손바닥을 포개자 실눈을 뜨며 웃으시는 당신 그렇게 당신은 잠자듯 깨어있고 깨어있듯 잠을 잤다 그래 이쯤에서 손금이 내는 길은 유전이다 당신의 손금을 읽는 일은 내 손금을 보는 일, 당신의 손금이 내 손바닥으로 흘러들어와 길을 열어 준거다 '손금을 그어라 없던 길이 열린다' 갈라진 논바닥 같은 아버지의 손금은 사라지고 어느새 내 손바닥엔 선명한 물길 흐른다

*섬-생명선과 지능선 운명선이 교차해서 생기는 삼각형의 손금 수
상학에서 손바닥에 섬이 형성되면 잠재된 질병이나 우환을 예견할 수
있다고 한다
　*M-수상학에서 생명선과 지능선 감정선이 교차해서 M자형 손금
이 생기면 횡재운이 있음을 예견한다고 한다

마디, 오늘이라는

늘였다 줄였다 사물의 각도를 엄지 마디로 재단하는 버릇이 있다 마디 속으로 십 배속 백 배속 네온 빛이 뛰어들고 담장의 장미넝쿨 향기가 휘리릭 감기고 까마귀 소리마저 떼로 쏟아지자 오늘의 사위가 깜깜하다

마디 안에 들어오는 것들은 죄다 엄청난 결핍의 자기장이 흐르는 걸까 마디 안의 전봇대, 마디 안의 자동차, 마디 안의 행인이 사라지고 배경이 접혔다 펼쳐지는 골목에서 이 통계적 성찰의 출입구가 어디일까를 생각한다

집 나간 언니를 넣기엔 한 치 반쯤 뒤로 꺾어야 하고 등 돌린 엄마를 넣기엔 너무 짧고 아침 밥상에서 내지른 아빠의 성화를 넣다가 삐끗한다

마디로 재단할 수 없는 것들이 갈수록 넘쳐나 통으로 사라지는 오늘, 입구를 찾지 못한다면 출구를 기약할 수 없듯 도무지 이 미로를 빠져날 수 없다 접었다 펼쳤다 늘였다 줄였다 굳지 않고 유연한 마디를 위해 오늘, 어제도 내일도 이 마디 안에서 길을 재고 있는 난.

4부

여름밤, 평상 위에선

밥바라기 별이 상현의 소가 되는 저녁나절
엄마는 식구들의 불평을 토닥토닥 타일러
구름빵을 구워내곤 했다
중고교복을 입어야 하는 오빠의 퉁퉁거림과
표정을 담지 않으면 살아날 수 없다는 아빠의 푸념을
익숙하게 반죽하는 엄마의 요리법에는 늘
효모성의 온기가 살아있었다
달빛이 밤물 같은 어둠을 버무리면
여름밤, 평상 위에선
부풀거나 식은 얼굴들조차 빛이 났다
유성의 꼬리가 별의 내장을 가르면
모락모락 빵들이 와르르 쏟아지고
빵이 풍선보다 부풀 땐
별이라고 믿었던 것들이 담장 너머
시나브로 피기도 했다
식구들의 허기를 자분자분 다져 구워내는
연중무휴, 엄마의 구름빵은
지붕을 부풀리고 별들의 궤적을 끌어모아
남루의 시절을 눈과 귀로 배부르게 했다

칼이 사는 풍경

1.

자국은 찍히는 순간 음각이다 패여 본 후 돋을새김 된다

둥글게 살기를 당부 받지만 삶은 대체로 세모다 높이를 벗어나기 위해 날개가 돋는 순간 내 방 작은 커튼은 어깻죽지에서 달싹거린다 파닥거리는 깃털을 말려줄 빛은 없는 걸까

구로동 협성주택 사람들의 안부가 성가시고 질주하는 차들은 아득하고 화단구석 히아신스의 흰색이 '하자보수 궐기' 현수막에 가려 흔들리고 제 발자국에서 걸어나와 날개를 펼치는 일이란 다비드의 손에 들린 돌멩이의 각오와 같아, 난 라임오렌지를 가슴에 새기며 '자기로부터의 혁명'을 발가락 마디마다 느낀다 난 꽃의 향기를 말했고 그들은 꽃의 부패를 노래했다

난 자주 납작하고 싶다

2.

날숨과 들숨의 비례가 각을 잃은 저녁, 난 아점을 먹는다 의도하지 않는 아침에 대해선 할 말이 없다 흘러간

구름의 배꼽을 베는 일, 뭉텅한 머리로 저녁을 준비하는 여자의 뒷모습에 관해서도 할 말이 없다 쟈크의 콩나무처럼 자란 칼로 제 심장을 꺼내 샐러드를 버무리는 여자의 비장한 결의에 관해서도 할 말이 없다

된장이 끓어 넘쳐 붉새로 흐르는 저녁, 창 너머 '만도 정밀 복직사수' 현수막이 쟈크 나이프의 각도로 걸려있고 삼교대의 아침과 저녁은 늘 메슥이고 뾰족하다는 건 누군가에겐 헛웃음이 되는 일인지라 저녁에 아침을 먹을 때처럼 아침에 지난 밤참을 먹을 때처럼 삶은 피쟁이 굿판 같아 늘 실전적이다 명치에서 날이 선 호흡은 날카롭고 아침은 늘 반 이상 잘려나간다

3.

바람을 집도執刀한 어둠, 공장의 창을 흔든다 베어링 기계음처럼 쫌쫌한, 가슴에서부터 부식된 별들이 사그락거리는 밤은 예리하다 어둠 속으로 걸어간 별들이 건조한 각도로 사라지기도, 밤은 늘 금관악기처럼 섬세하고 파재래기처럼 적극적이기도, 새로운 별의 탄생을 예비한다 나날이 자라는 별들이 있다 보이지 않는 빛이 궁금

한 난 날카로운 빗살무늬 칼을 안고 산다 칼이 밤의 그림자를 도려내고 달빛을 드리워 아침의 내장을 가를 때, 난 싱싱하다 싱싱하게 산다는 건 머리에 별 하나쯤 새기는 일이라 나날이 벼르는 중, 굴뚝 너머 달무리 쪽으로 새 한 마리

　양각을 새긴다

토르소

플라타너스를 보았다

물구나무선 나무 그림자

수몰된 달의 내력. 그 오래된 기억을 깁고 있을까

바람이 호수를 밀어내면

분산된 시간들이 퀼트처럼 하나가 된다

한 번도 자신인 적 없던

숲에 가린 생을 떠올리며

플라타너스, 알몸으로 그 바람을 다 맞고 서있다

오래전, 품어온 달무리

바람의 힘으로 나무를 따라 흐른다

〈

물결은 달의 힘을 신봉하지만

달은 소리를 만든 적 없기에

명상에 잠긴 나무 그 아래. 나도

회향廻向의 맘. 머리 숙여 가져보는 것이다

달은 어느새 나무 그림자 속에

나를 베끼고 있다

곤돈[困敦]

1.
날 부르다 내가 깨는 꿈
오래 서식한 물음들이 무의식까지 따라붙는지
난 눈 감고 깬다
순간, 에스프레소를 내리고
시든 아열대 떡갈나무에 물을 주고
설탕이 녹을 때까지 기다리며
지금을 살았고 방금을 살 것이다
시간을 잡을 수 있다면 신[神]이 필요할까 싶지만
분명 꿈을 꾸고 있는데 내용이 기억나지 않아
나의 새벽은 기도처럼 집요하다

2.
난 나일까
꿈일까 꿈 너머일까 생각하는 사이
에스프레소는 진하다
아열대 떡갈나무는 싱싱하다
설탕은 녹는다

보이는 것을 위해 보이지 않는 것을 믿게 된 맹목으로
오늘을 살았고 내일은 살 것인가
지금이라는 순간 이미 지금이 아님을 안들
누가 백만 년 동안 자란 물음에 답할 수 있나
천년 묵은 질문을 멈출 수 있을까

3.
내가 바뀌어야 할 그림을 놓치고
내가 바꾸어야 할 그림자도 놓치고
금세를 놓치고
지금이라는 눈 깜짝할 새도 놓친 사이와 사이
이곳과 저곳의 경계마저 아슴푸레한
꿈을 꾸고 꿈을 깨는 그사이와 사이
증명할 수 없는 생이 지금으로 부활한
세화世和, 마시고 보고 느끼는 바로 이 순간이
내게 가장 간절한 신神임을 알겠다

스칸디나비아식 몽류

만국기는 구석 페이크 퍼에 안겨 펄럭이고 있군요 벽을 만나면 발목이 시큰거려요 아버지는 뛰고 손에 끌린 나는 날고 꼴찌 상으로 받은 공책에선 사자가 으르렁거렸죠 잠에서 깨면 지그재그로 걸었어요 운동회 때마다 비가 왔어요 손님 찾기는 난감했죠 아무리 찾아도 비만 내렸으니까 죽을 땐 가죽만 남더군요 이름을 남길 수 없었던 아버지, 대리석 바닥은 샤기 카펫으로 가려요 사자가 카펫을 들추며 일어서네요 밤새도록 꾹꾹 밟기로 해요 갈기가 모조리 뽑힌 사자는 이제 대리석 바닥으로 사라졌어요 벽은 또 다른 벽과 만나죠 달아날수록 앞서 있는 도처에 벽이 있다는 걸 알고 난 후부터 사자도 비도 무섭지 않아요 사자가 출몰하는 밤이면 생각해요 아침은 이미 백미터 출발선에 있는 거라구요 비가 오는 운동회는 상큼하죠 비가 오지 않는 운동회는 심심해요 선반엔 알로카시아 하얀 화분을 올려둘게요 소파엔 알록달록 쿠션이 제격이죠 만국기 펄럭이는, 비 오는, 으르렁거렸던 백미터 달리기 벽과 벽이 만들어 낸 우리들의 아침에 카라멜마키야또 한 잔 어때요.

시크하게!

꽃을 기억해

A. 꽃 핀 자리

가지가 휘었다 꽃차례로 화분에 칼자국이 늘었다 여자는 엄마의 손가락을 잘라 흙 속에 묻었다 비 오고 바람 불고 달빛 창을 넘는 사이 썩은 손가락에서 별빛 새순이 돋았다 여자는 양철지붕에 비 드는 날이면 피 냄새에 놀라 꽃잎을 뚝 뚝 뜯었다

꽃 핀 자린
무한, 유한, 복합
어긋나기, 돌려나기, 마주나기
꽃 핀 자린
비밀, 어둠, 잘린 손가락 속에 숨어있던 기억들의 아우라

꽃을 오래 보기 위해 여자는 화분을 음지로 옮겼다 핏기없는 엄마는 침대에 누워 파라미타를 꿈꾸었다 아상, 인상, 중생상 너머 보살이 되려 했지만 되려 화분에 새겨진 빗금 하나 지워내지 못했다

B. 꽃 진 자리

　빛이 사라졌다 화분에 칼자국이 지워지고 있었다 여
자는 흙속에 묻어둔 손가락을 까맣게 잊었다 그림자 없
는 창으로 화분을 돌렸다
　꽃 지고 잎 피나 잎 지고 꽃 피나 무릇무릇 사랑이
라 부르던 것들은 까마득 사라졌다　사이 나무는 하늘
에 오르는 꿈을 꾸었다 구름에 앉았다 느닷없이 동인
動因하는 꿈, 새 화분을 들였지만　더 이상 꽃　필 기미
없었다

　　꽃 진 자린
　　자웅동주, 자웅이주 할 것 없이
　　진물이 흐르고
　　꽃부리, 꽃덮이
　　그 흔적마저 거두었지만
　　꽃 진 자린
　　소멸, 침묵, 환생,
　　한때 스스로 빛나던 것들에게

102

자리를 내어주는 오랜 기다림이란 걸

여자는 깨진 화분 파편을 가슴으로 모으고 있다 화분
과 여자는 동숙이다 기꺼이 잘린 손가락을 지탄指彈하지
않던 엄마,

꽃 진 자리는 새로 필 꽃을 위해 휘어지도록 우거졌다

논픽션을 위한 픽션
―네덜란드의 속담, 피터 브뤼겔의 그림 속으로

악마의 눈알이 박혀있는 4층 벽돌집
웅덩이를 파는 여자와 그 웅덩이에 머리를 묻는 남자가
심장으로 벽돌을 깬다
자궁을 들어낸 여자와 머리가 서늘한 남자의
눈빛은 높낮이가 달랐으므로
벽을 부수는 일은 오히려 시나위다

쪽방 3층에서 흘러나오는 여자의 교성이
2층 카드 판 블러핑에 몰입하던 남자의 눈알을 녹인다
같은 명도의 눈빛들은 절실함이 같기 때문이라는 건
내 생각
　채도가 다른 눈알이 층간을 잡아먹는 아귀로 자란다
는 건 내 주장
　남자의 입에선 귀신들이 걸어 나온다
　산발한 그들은 벽돌의 더께를 지우고 밤마다 돌림음
을 지붕에 건다
　여자가 되돌이표로 걸어 나와 그 집 꼭대기에 종주먹
을 날리면
　이내 그들의 집은 귀신들의 눈알이 득실거리는 아수
라가 된다

〈

화음판이 역류했는지
상대의 패가 내 손에 든 패보다 좋다는 걸 아는지
내일은 다시 손잡고 나란히 걸어 나올 그들
오늘 밤 벽돌집 담장 너머 눈먼 별들이 총총하다

보이는 것만 믿는
보는 쪽만 방향인 줄 알던 난
그 집 아래층 나락에 거꾸로 매달려 살았다

내면의 눈과 이면의 눈을 제자리에 내려두는 밤
그 집, 귀신들은 목에 걸린 눈알들을 모조리 뱉어두고
알차타행 무대를 벗어난다 여기는

수억 개의 눈알들이 협연하는 웅덩이 세상

살아남은 자들의 기도

전능하신 아버지,
당신의 혓바닥 돌기마다 박힌 약속으로
유구한 거짓의 감로수를 증거 하시며
나를 시험에 들게 하시나이까
빛바랜 동방의 별빛 아래
기도소리는 첨탑보다 높고
오병이어五餅二魚는 전설 속의 이적異蹟일 뿐
땅 위의 피비린내는 멈추질 않아요 이제
의미 있는 소리를 증거 하시고
의미 없는 희생은 거두어 가소서
말씀은 말씀으로 끝날 뿐 말씀에 입 맞추던 자들마저
당신을 신봉하지 않아요
보이는 것을 위해 보이지 않는 것을 믿게 된 태초부터
총칼 앞에 무릎 접고 신음하는 당신의 족속들을 방
관해 온 아버지,
이처럼 내 눈을 멀게 한다면
차라리 유다로 환생하는 영광을 주소서 그러면
총칼에 스러져간 이들의 몸과, 더럽혀진 여인들의 자
궁과, 굶주린 이들의 배를

당신의 면전에 헌납할게요

차라리 혀를 뽑아 드릴까요 아버지, 제발

하루빨리 당신의 해맑은 얼굴을 드러내사 빛으로 세
상을 증거 하소서

그렇지 않다면 당신은

태초에도 이후에도

이 땅의 아버지가 아니십니다

*이 시는 일본이 저지른 관동대진재 때 한국인 학살과 중일전쟁 때
남경에서 저지른 대학살을 생각하며 쓴 것임

난 가끔 왼쪽이 궁금하다

나는 구름의 문장을 베고 행간의 이불을 당겨 밤보다
깊은 새벽을 밝히며
　살아도 죽은 듯, 죽어도 산 것처럼 회전하는 부호에
갇혔다

치릿^{chirrit}—해 뜨기 전 새들이 지저귀는 아침
이제 가시금작화도 눈雪을 툭툭 걷어내야 할 텐데
잠든 시간과 깨어있는 시간 그 간극을 가르며 후투티는
만년설의 심장, 붉은 꽃의 형상을 소리로 베낀다
새소리는 설원의 심장을 쪼아 먹고 허공의 한 점이 된다
상사병으로 죽은 이는 붉은 꽃으로 환생한다지
울음을 제 등에 지고 가는 슬픔을 베낀다지
달을 건지려고 호수에 빠졌다는 남자와
그이의 심장이고 싶었던 여자 사이엔 백년의 시차가
있다지
가시금작화가 사라진 이곳에서 그는 더 이상
보릿가루, 양젖만으론 오래된 미래*를 살 수 없다지
보이기 위해 피는 꽃만 꽃이라 부른다지
그는 어디에든 있고 어디에도 없다네
니트스^{nyitse}—해가 산꼭대기에 걸려있는 낮

줄담배를 피우듯 먼지구름을 몰고 지프가 달리고
총을 쏘며 휘파람을 부는 풍광을 섬기게 된 나라
어디든 언제든 있어야 했다는 듯 익숙한데
소리 잃은 새들과 소리를 잊어버린 사람들의 눈빛은
어디든 있는데
눈길만으로 피어나던 우리들의 꽃은 다 어디로 갔나?
공고르트^{gongrot}– 어두워진 다음부터 잠잘 때까지
아마트라 옴*이 댕강이는 내 머리는 어디에 둘 것인가?

노련한 표정과 만나면 난 어지러워 뒤통수에도 눈이
달린 사람들이 있지 던지는 일만 생각하는 넌 늘 오른
쪽을 좋아하고 목마른 난 가끔 왼쪽이 궁금하지 난 걷
고 넌 달리지 넌 없고 난 있지
지금이라 말하는 순간 이미 지금이 아니어서 난 깨어
있어도 잠든 거라네 넌 어디든 있고 난 어디든 없다네 이
별 이전에 그리움은 이미 시작된다네 이별 후의 사랑까
지 사랑이라네

*오래된 미래–헬레나 노르베리의 저서명
*아마트라 옴–나타나지 않는 실재 즉 초월세계를 포함한 침묵을 뜻함

모티브

어둠과 나, 빛과 나
부르카 너머의 시선, 빨강 루즈의 혁명
환희의 오르가슴, 철학이 사라진 골목 같은
배리의 공식이 빛나고 있기에
나의 새벽은 왼쪽으로 깊다

신의 소관에 대해 궁금한 귀
그림 이면의 그림자를 쫓는 손
비루함이 불러오는 거짓의 눈
쓴맛에 익숙한 입
달콤함에 길든 들창인 코까지
육감의 향합이 봉인된 채

나는 무엇인가?나는 어디로 가는 걸까?

耳目口鼻를 촉으로 전하는 바람의 몸
명징한 바람의 문장
사루비아 꽃잎으로 입을 닦는 습성
무감자처럼 맛있는 이야기를 닮은 귀

기게스의 반지를 낀 손가락
나비 없는 모란의 향기에 걸린 코

바람의 혁명사는 새벽이 내게 전하는 헌사며
부록은 백색의 어둠이다
나는 눈을 뜨고 자고 있다

　인간 사이에서만 신이 태어난다는 확신 같은 것, 몰
라도 되는 것까지 알게 되는 슬픔 같은 것, 보이는 것만
믿게 된 나이의 안착 같은 것, 태초 선택적 출생이 내게
주어졌다면 촉각적 속지주의를 표방하는 바람으로 태어
났으리 바람은 스스로 그림을 그리지 않기에

투명한 습격

바람의 손가락은 투명하다
수건 비누통 칫솔걸이까지 어지럽다
숨은 장력이 거울을 감는 사이
안과 밖, 시작과 끝, 이곳의
표면경계까지 허물었겠다

열흘에 한 번 집을 다녀갈 때마다
아버지의 머리카락에서 회향을 엿보던
어머니의 눈에서는 젖은 바람 소리가 났다

시간은 흩어진 유리조각에 머물다
욕실 열린 창가를 맴돌고
널브러진 정황에 닿자 남은 기억들이 순간 점등한다
천수보살보다 많은 손을 지니고도
흔적을 남기지 않는 노련함으로 바람은
이곳의 어둠과 빛까지 순식간 할퀴고 갔겠다

파편이 박힌 손가락에서
바람의 일대기를 베끼는 동안

기억 너머 기억이 뾰족하다 나는
직선도 곡선도 긋지 못한 바람의 후손
떠돌다 가벼워지는 열성인자의 다른 이름

창을 넘는 햇살이
바람이 머물다간 거울에 지문을 그리는 동안
제피로스의 손금을 물려받은 나는
조각난 기억들을 긁어모아
생채기를 다독이고 있다 바람의
손에는 냉기로 단련된 손톱이 자란다

레이스 뜨는 여자

게걸스럽다의 동의어는 외롭다는 말
달고나 소주에 휘핑 된 맥주 거품 같은
잘 익은 젖가슴을 출렁이며 단추 뜯어진 블라우스를
입은
게우다 넘친 보도블록에 밀착된 어! 어! 저 아가씨
왜 저러고 있나
무단횡단이 범람하는 4차선
차창으로 밀려드는 뭉클한 도안 앞에서 난 골똘하다

장미가 피는 유월은 취하기 좋은 계절
레이스 뜨기를 기억해야 하는 시절
무중력을 견디고 있는 그녀의 엉덩이에서 피어나는 무
늬 리버레이스
겹 꼬임이 골치 아픈 레이스 뜨기처럼
실밥이 풀릴 때 아차 하던 기억
다시 풀어야 하나 한 코를 버리고 그냥 지나쳐야 하나
오일게이지 쪽에서 보면 아직 그녀의 뒤태는 레이스
무늬건만
그 무늬를 벗어나지 못한 그림자가 불온하다

폭음의 내막은 그림자의 몫,

매듭을 풀어주고 싶다
핸들커브에서 거미들이 s자로 기어 나오고 난
그 거미들을 초고속으로 그녀에게 던진다
갈아 끼운 코바늘이 정지선에서 멈칫하다
속도를 벗어난 가을쯤, 차대부에 새겨진 처음이라는
기억
남자에게서 레인지로버를 꿈꾸던 난
그해 겨울 첫아이를 지웠지

탈선의 대로에 그 누가 레이스 뜨기를 기대할까 하겠
지만
그림자의 배후를 파고들면
저 아가씨처럼 누군가는 생의 코를 놓치고
또 누군가는 추억이라는 이름으로 풀어 버리고 싶은
시절을 떠올릴 것이다
차를 세우고 아가씨의 그림자를 길게 두고 보는 동안
모퉁이의 거미가 짓이겨진 몸으로 거미줄을 마저 짜
고 있다면 좋겠다
한 코, 한 코 잇다 보면 완성되는 리버레이스
그녀도 나도 레이스 뜨기를 계속해야만 하는 이유

수륙양용 연애 지침

출퇴근 전후는 연락두절, 일주일에 한 번 영역을 벗어나 교접 허용—쌍무적 계약 지침이 수년째다 적인지 동반인지 계약인지 평화인지 지랄 같다고 난 말하고 사랑도 변방의 시간이 필요해 넌 말한다 성문을 열고 싶을 때가 있다 깡그리 때려 부수고 싶을 때가 있다고 말할 뻔했지만 생각만이 포화성이다 이른 아침, 늦은 밤 문득 울컥한다 칼을 휘두를 그 칼을 맞을 자신도 없는 난 잘린 손목이 너의 아침 밥상에 오른 꿈을 꾼다 한 번도 본 적 없는 너의 문지기가 궁금하다 성리학식으로 길든 내 탓이다 가스트랙스를 먹는 게 좋다고 넌 말하고 엿 같다고 난 말한다 니가 사준 옷을 일주일째 입는다고 말한다 교접 중에도 넌 옷을 벗은 적 없잖아 난 말한다 니가 말한 대로 머리를 기른다고 말한다 머리로 사랑하지 말라니까 난 말한다 잘자요는 그냥 답장이란다 그러니까 그냥 평화롭자 넌 말한다 일단 엿같다를 알겠다고 해둔다 최소한 니가 속한 성은 침범하지 않겠다 너의 늙은 문지기도 우습다 가끔 던지는 너의 엿 같은 밀어도 달게 받겠다 다만 평화를 가장한 너와의 거리가 너무 멀다

숨은 신의 시대, 시인(詩人)의 시인(是認)

– 이령 시집 『시인하다』에 덧붙여

김종회(문학평론가, 경희대 교수)

이령의 첫 시집 『시인하다』는 온갖 비의(秘義)와 비기(秘記)로 가득 차 있다. 그 언어의 칼날은 날카롭고 적나라하다. 언어가 무기일 수 있다면, 시인은 이를 통해 동시대 일상의 불합리와 허위의식 그리고 안일과 비루를 가차없이 처단하려 한다. 이와 같이 힘 있고 표정이 선명한 시를 면대한 적이 얼마만인가. 시를 읽는 일이 이렇게 호쾌무비하여 팍팍한 세월의 갈피 한 자락 밟고 갈 수 있다면, 누가 굳이 시집을 책상 한구석으로 밀쳐 두겠는가. 이령 시의 순수하고 정직한 힘, 거친 삶의 바닥을 단도직입으로 두드려보는 과단성은 그동안 잊어버렸던 시 읽기의 매혹을 새롭게 일깨운다.

다만 시가 이토록 격렬하고 직설적인 마당에, 시인의 내

면풍경이 얼마나 곤고할 것인가는 미루어 짐작할 일이다. 한데 어쩌겠는가. 그 또한 붙들 수 있는 일상의 행락을 떨쳐버리고 이 멀고 먼 구도(求道)의 길로 들어선 그의 운명인 것을. 역설적이게도 시인이 아픈 만큼 시가 상향하고 수용자는 더 절실하게 공명(共鳴)할 수 있다. 비단 시인 개인만이겠는가. 중국 원대(元代)의 시인은 '국가불행시인행(國家不幸詩人幸)'이라고도 했다. 시대적 삶의 풍광, 시인의 생애에 점철된 원체험의 문양(紋樣), 그 머리와 가슴을 채우는 사유(思惟)의 편린이 현현한 시의 문면에 그윽하고 깊다. 거기 웅숭깊은 자리에는 언제나 언어의 주인 곧 시인이 있다. 그렇게 이 시인, 이령을 만나기로 한다.

이 시집은 모두 4부로 구성되어 있다. 그 중 1부는 시인이 선 자리, 품고 있는 생각, 자신의 존재에 대한 질문 등을 포괄한다. 이러한 한 묶음의 원초적인 관념들은 작위적으로 생산된 것이 아니요 어떤 지향점을 갖고 있는 것도 아니다. '시인의 말'에서 시인은 '하나의 형식'이나 '모든 절대성'을 포기한다고 언표(言表)했다. 본래의 나를 찾아가는 '황홀한 여행'으로 시를 쓰겠다는 것이 아닌가. 이 시집에서 처음으로 만나는 시 「뎇」은 시적 자아의 눈앞에 놓여 있는 '사각의 틀'을 전제하고 이를 바라보는 심사를 여러

상징의 기호로 풀어 보였다. 그 덫은 과연 무엇이며 무엇을 가두거나 가두지 못했을까. 아마도 이 시집 전반에 걸쳐 이처럼 고단한 문답이 계속될 것 같은 예감이다.

    난 말의 화랑에서 뼈아프게 사기 치는 책사다
    바람벽에 기댄 무전취식 손수무책 말의 어성꾼
이다
    집요할수록 깊어지는 복화술의 늪에 빠진 허무
맹랑한 방랑자다

    자 지금부터 난 시인僞認하자

    (중략)

    관중을 의식하지 않기에 원천무죄지만
    간혹 뜰에 핀 장미에겐 미안하고
    해와 달 따위가 따라붙어 민망하다
    날마다 실패하는 자가 시인이라는 것이 원죄이며
    사기를 시기하고 사랑하고 책망하다 결국 동경
하는 것이 여죄다
    사기꾼의 표정은 말의 바깥에 있지 않다

그러니 詩人의 是認은 속속들이 참에 가깝다

　　　– 「시인하다」 부분

　　시인이 스스로의 존재론에 대한 인식을 자신의 시적 언
어로 진술한, 매우 독특하고 호소력 있는 시다. '시인하
다'라는 새로운 조어도 그러하려니와 시인이라는 어휘의
중의법, 거짓과 참의 대비, 그리고 시와 시인에 대한 망설
임 없는 폄하의 표현 등이 모두 그렇다. 필자로서는 일찍
이 박남철 시인이 선보였던 「시인연습」 이래 시인의 자의식
을 이와 같이 제대로 해부한 시를 보기 어려웠다. 그 문면
은 쉬운 듯 어렵고 어려운 듯 쉽다. 그의 언어적 주술에 공
감하면 금방 가슴이 뜨겁고, 거기에 거절의 방어막을 세우
면 어느새 먼 나라의 얘기가 되기 때문이다. 그런데 시인은
타자의 해석 여부는 아랑곳하지 않을 기세인 데다, 이미
개념적 결어를 확정했다. 시인(詩人)의 시인(是認)! 그 시인
(是認)의 가닥은 획일성의 지평을 넘어 여럿으로, 중층적인
것으로 목격된다.
　　사정이 이와 같으니, 그의 시어들은 직설적이고 강렬하
며 자기 확신에 충일해 있다. 동시에 그 구체적 세부를 기
술하는 데 있어서도 문학적 감성의 영역을 넘어 철학, 법

학, 인문학, 생물학의 지식들을 종횡무진으로 매설한다. 언뜻 그의 시가 주지주의적 경향을 가진 것으로 보이는 이유다. 「심야의 마스터베이션」은 궁극적으로 시와 시인의 존재에 관한 사유를 부려놓은 것이지만, 이를 묘사하는 언어의 기교와 방법은 기상천외하다. 그런 점에서 시인의 담론은 언제나 '수륙양용'(「손바닥으로 읽는 태초의 아침」)의 개방된 구조를 가졌다. 삶의 언어인 시, 그리고 시의 근원인 삶의 의식이 그러하다면 이 시인의 일상은 아마도 시적 특성과 멀어지기 어려울 터.

　　　지금 내 손가락은 꽃의 위험한 확증적 가설이다
　　　너는 불손한 마고할미의 굽은 손가락을 기다린
　적 없으나
　　　우리가 꿰뚫어 볼 수 없는 비린 생의 마디는
　　　모두 향기로 돋을 것이니 꺾이는 것을 두려워
　말자

　　　(중략)

　　　우리가 놓인 시간은 자명한 내일과
　　　불확정한 오늘의 노래로 비명횡사하는 것이니

사랑과 이별과 거부할 수 없는 어느 가설을 몰

고 와서

꽃은 지금 선연한 안녕을 뚝뚝 고하는 것이다

     – 「자명한 오늘」 부분

'꺾꽂이를 하다가'라는 부제가 붙어 있는 시다. 그에게
있어 맨 얼굴로 부딪치는 생은 언제나 비리고 불완전하고
허위의식에 가득 차 있다. 이 마땅치 않고 값도 없어 보이
는 일상을 꺾꽂이하듯이 분절한 다음에는 거기에 새로운
'향기로 돋을' 심층적 단계가 숨어 있을 가능성이 있다.
불확정한 오늘의 허위가 자명한 내일의 확증으로 다시 태
어나는 길을 여는데 시인의 꺾꽂이, 곧 시의 정화(精華)가
제 몫을 지켰다. 그의 시적 자아는 '나의 진화는 지금 반
음에 걸려 있다'(「아주 현실적인 L씨가 오제의 죽음을 이
해하는 방법」)고 진술한다. 모든 시인은 알게 모르게 이처
럼 자신이 선 자리에 대한 강박감을 가진다. 그것이 스스
로의 시에 정체성을 부여하고 또 시를 다음 단계로 추동
하는 힘이기에. 이령의 시 또한 예외가 아니다.

  이 시집의 2부는 이 시인의 시적 세계관이 어떤 표현법

을 활용하며 어떻게 그 요체를 발양하는가를 잘 드러낸
다. 그는 결코 평서법의 말하기 방식이나 순차적인 의미
구현의 시적 전개를 선호하지 않는다. 원개념을 바꾸거나
비틀어서 쓰기, 위트와 아이러니와 패러독스의 어법, 그리
고 눈에 보이지 않는 언어의 장막 뒤편에 숨겨둔 본심의
내밀한 발화 등이 그의 시에 잠복한 레토릭들이다. 그는 「
여행」을 말하면서 성적 교합의 포즈를 불러 오고(「여행」),
머리와 모자의 상관성 및 이질성을 강력한 대위법으로 서
술(「모자 찾아 떠나는 호모루덴스」)한다.

　　그런가 하면 죽음과 요리를 함께 엮어 극단적인 상상력
의 시어를 생산(「에바리스트 갈루아가 죽기 전날의 풍경」)
하기도 한다. 이 시인의 도발적 상상력은 자동차 접촉사
고 처리를 하면서 역사학자 E.H.카아를 호명(「무늬와 무
늬 사이가 멀다」)하고, 어느 아침에는 '창밖, 비조차 기립
박살'(「부작위」)이 나는 형국이 된다. 하지만 그렇게 도발
적이고 도착적인 상상력으로 일관하고 있다면 그의 시는
너무 단조롭고 단선적일지도 모른다. 시인은 명민하게 이
사태의 전후 문맥을 알아차리고 있다.

　　　　노련하게 차갑다, 우린

　　　　불을 길들이며 지배자가 된 사람

칼을 차면서 지배자를 꿈꾸는 사람

글을 쓰면서 지배에 익숙해진 사람, 우린

무딘 척 따뜻하다

(중략)

무디지만 따뜻하게 서로를 밀어내고

차갑고 노련하게 서로를 밀어주며

　　– 「그렇게 우린」 일부

　바로 이러한 대목이다. 이령 시의 외면적 기세에 침윤하여 이렇게 숨어 있는 보화를 발굴하지 못한다면, 우리는 그의 시를 제대로 이해하는 길목에 들어서지 못한다. '무디지만 따뜻하게'나 '차갑고 노련하게 서로를 밀어주며'는, 어쩌면 이령 시가 궁극의 표적으로 시의 문면 아래 잠복시킨 단수 높은 전략일 가능성이 많다. 찾아보기로 하면 그와 같은 언어의 표징이 곳곳에 널려있다. '죽음 너머 삶을 생각하며 난 네게로 간다'(「李미자를 듣다가」)나, '미움과 사랑이 동숙(同宿)이듯'(「옹브르」)이나, '내가 아는 대부분의 우물들은 속으로만 흐르기에 깊다'(「추억, 꽃 일다」)와 같은 수사들이 모두 그렇다. 그의 시는 이렇게 대립적이며 대칭적인 의미구조 위에 서 있다. 시인의 시는 이들 양자 간의 간극을 메워 보이지는 않으나 '그에 대한 생각'(「기름장을 만들다가」)을 결코 방기하지 않는다.

　이 시집의 3부에 수록된 시들에서 특히 주목할 대목은 세상의 물정을 판독하고 세상 사람들의 평판을 감당하는 일, 곧 삶의 현실에 대한 시적 탐색의 방법에 관한 것이다. 이러한 언어의 구도를 매우 예리하게 요약하면 '혀'와 '독'이라는 언사가 도출된다. 오랜 역사 과정을 지켜보아도 그렇지 않던가. 세상과 더불어 살아가는 일에 가장 깊은 상처를 남기는 것은 혀가 산출한 말이요, 그것이 독이 된 미움의 감정이 아니었을까. 그러기에 아마존 밀림의 데사나족에는 '혀가 짧아 착한 여인들'이 살기도 한다. 그들에겐 그들만의 경전이 있고 '독을 중화시킬 숲'이 있다. 시인이 탐색한 '착한' 세상은 이렇게 열대 원시림의 숲속에 있다. 그것은 곧 지금 여기의 삶이 그와는 대칭적인 지위에 있다는 인식을 반증한다.

　　사과 독에 죽었단 건 오해야 도넛으로 말린 양
　말, 맥주 거품이 삼킨 거실, 게우다 넘친 변기통, 이

런 정황증거엔 무슨 생각해야 하니? 속병은 머리
에서 시작되지 마녀가 팔러 온 건 책일 거야 책장
이 넓어질수록 입에 축적되는 독은 넘쳐나지 마력
이 속도를 불리면 저주가 된다는 걸 거울은 일러
주었을까 거울아거울아 누가누가 나쁘니 세상에
서 말이 말을 등에 지면 독이 된다는 걸 모르는 난
쟁이들이야 사생아를 버려두고 궁전을 뛰쳐나온
그녀, 길을 잃었다는 자책, 말 탄 왕잔 없어 모든
입은 무기가 될 수 있어 흰색은 물들기 쉽지 흑빛
의 그녀를 보면 알 수 있잖아 난쟁이들아난쟁이들
아 네 키들을 다 엮으면 중독된 혀들을 중화할 수
있겠니? 하얗게 죽을 수 있다면 우린 걸리버가 되
어도 좋아 목젖이 붓도록 불러 보지만 삶의 변방
엔 늘 그림자가 자릴 잡지 키가 작을수록 그림자
는 늘어져 늘어진 혀를 밟고 까치발로 서야 해 계
단마다 구두를 벗어두지만 결국 우린 소리만 요란
한 속 빈 유리구두일지 몰라 자살은 많은 경우 타
살이 아니겠니? 모자이크로 편집된 현장, 우린 지
금 누구를 죽이고 있을까

　 －「모자이크 동화」 부분

126

두 단락으로 된 산문시의 둘째 단락이다. 이 시에는 '형법 제33장 제307조~제311조 관련 규정과 위법성 조각사유'라는 사뭇 긴 부제가 붙어 있다. 첫째 단락이 아마존 데사나족의 이야기를 바탕에 깔고 있다면 이 둘째 단락은 백설공주 이야기를 그렇게 깔았다. 시인의 전복적 상상력과 도발적 언어 운용은, 그 백설공주를 원본 그대로 차용해 올 리가 없다. 공주는 '사생아를 버려두고' 궁전을 뛰쳐나왔으며 당연히 '말 탄 왕자'는 없고 난쟁이들은 '세상에서 말이 말을 등에 지면 독이 된다는 걸' 모른다. 이렇게 전혀 새롭게 각색된 동화의 모자이크는 오직 혀와 독의 존립이 어떤 기반 위에 서 있는가를 증거하는, 하나의 목적론적 논점에 충실한 '형법'의 문면과도 같다.

　세상을 선과 악의 이분법으로 논리화하는 방식은 매우 위험한 것이긴 하나, 기실 그처럼 선명한 분별의 더듬이를 작동시킬 수 있는 탐구의 도구를 찾기는 힘들다. 시인은 이 위험한 방식을 두려워하지 않는다. 분갈이를 하다가 꽃을 두고 '나의 꽃이었다 꽃일 것이다 꽃이다, 넌 / 사악하게 살다 단 한 번 선을 위해 죽는 시간의 어릿광대'(「분갈이를 하다가」)와 같은 과감한 원색적 사고를 서슴지 않는다. 그러기에 눈 내리는 새벽에 시적 화자는 문득 '몽상의 미학자'이자 '말의 회랑을 돌아 오늘을 닦고 있는 청소부'(「몽상가와 청소부」)이기도 하다. 전혀 다른 두 개념의 층위가 하나로 소통될 수 있는 것은 일도양단의 구분법이 있을 때 성립될 수 있는 대립과 길항, 상관과 통어의 언어적 형식이 아니겠는가.

> 내 수호신은 아르테미스
>
> 길을 떠나온 밤이 오면
>
> 나는 아폴론 신전에 드는 귀머거리 제사장
>
> 아르테미스 당신을 믿어요
>
> 진작부터 자전하는 중이죠
>
> 막힌 귀를 달고는 신전에 들 수 없어요
>
> 지상에서 표정을 담지 않으면
>
> 살아날 수 없다는 걸 믿는 동안
>
> 길을 헤맸답니다

– 「귀 열어 주세요」 부분

이 시의 제사장은 귀머거리다. 완벽한 인간의 표상이어야 할 제사장이 청각장애인이다. 그는 태양의 신 아폴론의 신전에 들면서, 자신의 수호신이 새벽과 사냥의 여신 아르테미스라 말한다. 이는 모두 우리가 보아오던 이분법적 구도에 입각해 있다. 그런데 이 시인의 시가 숨겨둔 또 다른 영역을 암시하는 구절이 있다. '막힌 귀를 달고는 신전에 들 수 없어요'라는 거두절미한 선언의 자리다. 이 암시의 숨은 얼굴은 앞서 언급한 '무디지만 따뜻하게'와 같은 전략, 말을 바꾸면 '대립적이며 대칭적인 의미구조'를 융합하는 새로운 전망과 같은 것이다. 이는 이 모든 단절과 억압의 상황을 넘어 시인이 몰래 마련해 둔 출구전략일 수도 있다. 그의 언어 행보가 '해고자 복직사수'(「손바닥 유전」)에까지 이르는 것은 이와 무관하지 않아 보인다.

4부에 실린 시들에선 이러한 현실적 상황에 대한 대항력, 응전력이 보다 구체적으로 나타난다. 문학에 있어서 악의 묘사가 그 치유를 위해 있다면, 이령 시에 있어서 시적 화자들이 보여주는 이질적이고 모반적이며 그로테스크한 발화법들 또한 그렇지 않을까. 마침내 그 장벽 너머에 웅크리고 있는 인간 본연의 순수한 감각, 다른 이들과의 조화로운 소통을 회복하기 위한 수고나 몸부림을 담고 있는 것이 아닐까. 저 옛날 식구들의 불평을 달래며 구워 내던 '엄마의 구름빵'(「여름밤, 평상 위에서」)에서처럼, 그렇게 과거로 달려갈 수 있는 추억의 근저가 그렇다. 그렇

게 감각적인 과거의 기억을 가진 자의 영혼은 쉽게 시들지
않는다.

플라타너스를 보았다

물구나무선 나무 그림자

수몰된 달의 내력, 그 오래된 기억을 깁고 있을까

바람이 호수를 밀어내면

분산된 시간들이 퀼트처럼 하나가 된다

한 번도 자신인 적 없던

숲에 가린 생을 떠올리며

플라타너스, 알몸으로 그 바람을 다 맞고 서있다

오래전, 품어온 달무리

바람의 힘으로 나무를 따라 흐른다

물결은 달의 힘을 신봉하지만

달은 소리를 만든 적 없기에

명상에 잠긴 나무 그 아래. 나도

회향(廻向)의 맘. 머리 숙여 가져보는 것이다

달은 어느새 나무 그림자 속에

나를 베끼고 있다

– 「토르소」 전문

시의 결과 흐름이 유순하고 온정적이다. 거친 사념의 굴곡과 충돌하며 파열음을 내던 서두 부분 시들의 잔영이 거의 남아 있지 않다. 그렇다. 강한 것을 이기는 부드러운 힘의 존재를 자각하고 있다면, 이 시인의 시가 함부로 무너지는 국면을 향해 내딛지 않을 것이다. 그렇게 밝은 것과 어두운 것, 강한 것과 유한 것의 양면을 함께 함께 갈무리할 수 있다면 거기 이령 시의 새로운 기력이 생성할 것이다. '물구나무 선 나무 그림자'의 발견은, 이를테면 그러한 양면성의 힘에 대한 발견일 수도 있다. '회향의 맘'을 '머리 숙여 가져보는 것'은 그의 시에서는 드물게 보이는 풍경이지만, 그러할 때에 '달은 어느새 나무 그림자 속에 나를 베끼고' 있는 터이다.

'세화(世和), 마시고 보고 느끼는 바로 이 순간이 내게 가장 간절한 신(神)'(「곤돈困敎」)이라는 고백은, 일상의 삶을 그 모습대로 거느린 채 세상과의 화해를 위해 진지하게 내민 악수의 손길과도 같다. 이렇게 공들여 또 조심스럽게 신을 말하지만, 이 시인의 시적 화자들이 신에 대한 경모의 제스처를 보이거나 신앙의 작은 발걸음을 담보하는 경우는 없다. 그래서 '오병이어(五餠二魚)는 전설 속의 이적(異蹟)일 뿐'이며, '말씀에 입 맞추던 자들마저 당신을 신봉하지 않아요'(「살아남은 자들의 기도」)라고 단언하는 것이다. 그가 신앙인이라면 '참람'하기 이를 데 없는 말이고, 그가 무신론자라면 자신의 입지점을 공고히 선포하는 어투에 해당한다. 더 나아가서 '인간 사이에서만 신이 태어난다는 확신 같은 것'(「모티브」)에 이르면, 이 구분의 도식은 돌이킬 수 없는 것이 된다.

이 지점에서 다시금 시집의 얼개 전체를 돌이켜 보면, 이토록 엄혹하게 시인 자신을 형벌의 땅에 세우는 처사를 간곡히 만류하고 싶다. 모든 문학이 인본주의를 모태로 하고 인간중심주의를 구현하는 데 방향성을 두고 있지만, 군이 인간과 신이 대결의 창을 겨누고 있을 일은 아니다. 말을 바꾸면 긍정 가능한 것과 부정할 수밖에 없는 것 사이의 간극 및 괴리를 불가역적인 것으로 치부하지 말고, 보다 확장된 간섭과 교통의 여지를 남겨둘 수 없겠는가 하는 것이다. 이는 무신론을 강조하여 무신론이라고 공표하는 유형의 자기규정 이후에 예상되는, 시적 영역이 제한되고 축소될지도 모르는 궁벽한 결과에 대한 우려다. 동시에 이령의 시가 가진 직립과 전방 주시와 돌진의 상상력이, 그 가운데 보석처럼 내장한 세계와의 화해 또는 갈등 해소의 글쓰기와 함께 더 나은 결실을 거둘 수 있지 않을까 하는 기대감이기도 하다.

우리가 확인한 바와 같이 그에게는 시 세계의 내면으로 흐르는 '수륙양용'의 유연성이 있다. 그러기에 일찍이 루시앙 골드만이 지칭한 '숨은 신'의 시대에 유형무형의 여러 '덫'을 넘어설 시적 기량이 있다고 믿는다. 어쩌면 가혹한 자기학대나 자아비판으로도 보이는 시적 엄정성과 염결성을 고수한 시인, 언어의 조탁과 발현에 조금도 머뭇거리지 않고 모든 열정을 쏟아 부은 시인, 자아와 세계 모두에 걸쳐 마음껏 올곧은 목소리를 높인 시인이 이령이다. 비록 이 시인(詩人)의 시인(是認)이 우리의 독법과는 다른 시작(詩作)의 문법을 가졌다 할지라도. 그의 지속적인 창작 행보와 더불어 그 다음 시편들을 주목하며 기다리는 이유다.